三情隨筆

向明◎著

代序
百無一用是詩囊

大概是八〇年代末，當「春之藝廊」還是藝文界常去熱鬧的一處場所時，詩人們在那裡舉行了一個非常希罕的「貧窮詩展」，他們各自拿出一件創作在那裡展出並義賣。由於是「展覽」，光拿手寫的平面稿去展出，突顯不出展的效果，而且容易雷同，分不出高下，於是詩人們各出奇招，挖空心思辦展覽。我是個既不會畫，書法也很蹩腳的人，為了求創意，我把當時旅行社贈送的旅行袋找了一個來，我在袋子上沒有任何文字圖案的一面，用黑漆寫了一行字「百無一用是詩囊」。囊即是口袋，說這個旅行袋是個裝詩的口袋是有感而發的。唐代鬼才詩人李賀少時就常常騎著一頭毛驢，背著一個錦囊到處遊覽，尋找靈感，遇有所得，便寫在紙上投入身後錦囊中，到了晚上在燈下取出，「研墨迭紙促成之，非大醉及吊喪日率如此」（李商隱《李長吉小傳》），主要是強調李賀是一個肯用功的詩人，祇有這樣才能成大器。然而我這句話如果不懂一點台語，是不會了解我的用意的，「囊」是台語「人」的讀音，其實我說的是「百無一用是詩人」。據說這隻權充詩囊的旅行袋，被一位女士標去了，花了五千台幣，當時不是一個小數目。

詩人本來不是拿來「用」的。真詩人那把硬骨頭從來拒絕被人利用。何況有沒有用也是見仁見智。不過拿現今的情況來比，搞詩文這行的人，用世俗的眼光來看，大概肯定是最沒有用。據報紙上的統計報導，現在是明星作家，藝人寫作的天下，一個歌星的文字寫真集一推出就銷掉一萬本，另一少女型的綜藝節目主持人的書已經銷了六萬本，而且高居暢銷書排行榜，全省各大書店、超商、量販門市，網路書店到處爭賣他們的書。這樣一比起來詩人作家們就是真被看成沒落用了。據說今年國際書展一些老牌正派的文學出版社拿文學書去參展都被看成是「B」級書而遭婉拒，因為這些書頂多才印兩千本，根本就沒有市場，不必去佔那些高價租來的攤位。詩人作家嘔心瀝血寫就的文學作品當然比不上那些作秀藝人請人捉刀寫出來的八卦書受歡迎，簡直斯文掃地，詩人作家在現時代真是百無一用了。

這本書寫的祇是我這些年來為幾個報紙副刊寫專欄和隨筆，從其中挑選出來的篇章。有的是關乎世情的，其中蘊含我的困惑和探究。有的則是親情人情的回憶和緬懷，最後一輯完全是寫與我的專業寫詩為文的一些文字。我一向把生活經驗當成詩的礦源，寫散文和隨筆也是一樣，我都是從生活中去找與主題相關的題材，在實際的例證中突顯主題的焦點，如此即可提高可讀性，使人生心有戚戚焉之感。我祇求我的文字會讓人產生親切感和省悟心，對這世界有更深的認識，對詩的藝術更有一份了解和尊敬。

二〇〇二年四月九日

目錄

輯一・世情篇

天下一切可愛的東西都是小的，譬如小孩，小鳥，小花，小詩，還有小老婆，無一不是因小而得寵。

目錄

輯二·人情篇

侵略戰爭尾隨到了學校，我祇能穿著隨身衣服往大後方逃亡，帶不動的籐箱托給學校設法帶回家裡。從此我一走千里萬里，再也回不到母親的懷裡。

目錄

輯三・詩情篇

詩人本就是一種與窮為伍的行業，如果不窮得連茅草屋被風吹塌時，還有更窮的人搶那吹走的茅草，詩聖杜甫就寫不出「茅屋為秋風所破歌」，更不會發出「安得廣夏千萬間，大庇天下寒士俱歡顏」的宏願。

輯一・世情篇

天下一切可愛的東西都是小的，譬如小孩，小鳥，小花，小詩，還有小老婆，無一不是因小而得寵。

誰來搬開那塊石頭

古希臘的時候，有一個賣身為奴的人，一天被主人命令到公共浴室去察看，如果裡面人少的話，主人要去沐浴。

這個小奴隸就到公共浴室去，他看到裡面滿坑滿谷都是人，幾乎座無虛席。但是儘管人來人往，他看到浴室門口一塊不知放了多久的大石頭，卻擋在路上從來也不見有人把它搬走，預多是撞到或被絆倒的人咒罵兩句，還憤憤地責怪別人為什麼不把石頭移開。

這個小奴隸在那裡詫異了很久，突然他又看到一個人被絆倒了。這個人爬起來之後也狠狠地罵了一句：「哪個該死的傢伙把石頭擋在路上！」但是說完他馬上用盡全身的力氣把石頭移到一旁，才汗流浹背的走進浴室去。

小奴隸回去告訴他的主人說：「今天浴室裡祇有一個人在沐浴。」

主人聽了非常高興，終於等到一個清靜的機會，可以一個人好好享受一番，他吩咐小奴隸為他準備衣服跟他前去浴室。結果到了浴室時，主人卻發現浴室裡面人滿為患，連站的地方都沒有，他訓斥小奴隸扯謊騙人。

小奴隸就將他所見的情形向主人說明，他說那麼多人都祇曉得罵人，責怪別人，而不自己動手移開路障。祇有這一個人在絆倒之後，還想到將石頭搬開，以免再阻礙別人，「因此我認為祇有這個會想到別人的人才配稱為一個人。我一點也沒有說謊。」

這個故事中的主角小奴隸就是舉世聞名的寓言家伊索。伊索幼年時，家境很苦，賣身為奴，才得以生存。這個故事並不是他寫的《伊索寓言》，而是伊索親身經歷過的事，比他寫的寓言故事更富人生啟示。

這個故事的含義與我們中國人所說的，人不可以獨善其身，應該兼善天下的意思完全相通。人若祇顧自己，祇知自己的得失，生命途程中遇到險阻，自己不思解決之道，更不採改善的行動，還要怨怪別人，把險阻再留給別人去受難，則他有失作為一個人的本份。所以伊索在人來人往的浴室中看到祇有一個人去沐浴，因為他發現祇有那麼一個人還想到有別人的存在，祇有這個人最不自私。

我們一生中有各種不同的際遇。在擇人的時候，但願都有伊索那種獨到的觀察力，選擇那眾人之中最不自私，在心中，眼中有我，有你，也有他的人。

當然，我們每一個人也都要以那個被石頭絆倒之後，有勇氣把石頭搬開的人自勵，自許。

仰天長嘯

我住處對面的山丘上，每天早上有幾位年紀大的人在張開大嘴，仰天長嘯，聲振山谷。剛開始時，我好奇的跑去問他們，這樣的大吼大叫，對身體到底有什麼好處。他們說是在藉吼叫幾聲，把滿肚子積了一夜的濁氣、廢氣、淤積之氣吼了出來。聲吼之前，他們先要深呼吸，然後徐徐吐出吐到最後再大吼一聲。看他們都是六七十歲的人，一個個聲若洪鐘，面色紅潤，我開始相信他們每天長嘯幾聲，確實會有好處，長嘯大概也是種養生之道。

我看過一部提名多項金像獎的英國電影，名叫「因父之名」，內容是敘述英國近代最可恥的一樁司法黑幕。一個北愛爾蘭的浪蕩子，被倫敦英國警方誣陷為北愛恐怖分子，而判終身監禁。父親為營救他，也被牽連說是同謀，父子同監服刑。男主角在獄中百般無奈，有冤無處伸，氣急的時候，也是發瘋的狂嘯發洩，聲音之淒慘令人戰慄，連同監全體囚徒也對他們父子同情。這種狂嘯大吼是求生無門的絕望呼聲，聽了會使人心碎。

歷史上有過一則「蘇門之嘯」的故事。據說魏晉的時候，河南輝縣蘇門山的一處土窟中，住著有一位叫做孫登的隱士，好讀易經，彈一弦琴，魏文帝派竹林七賢的阮籍去探訪他，孫登根本不予理會。問話也不答理。阮籍無奈只好打道回府，行至山道半途，後面忽然傳來孫登的狂嘯，聲振遐邇。這就是所謂的「蘇門之嘯」。至於孫登為何等人走了之後才發長嘯，莫測高深。不過後來竹林七賢的另一人嵇康再去訪他時，和他共同生活了三年，問他心志，也是一直不理睬，直到告別才點嵇康一下說：「你雖材高卻少見識，難免會不能容於當今之世。」後來嵇康果然為司馬昭所害。孫登有見識卻不肯當面示人，只在背後狂嘯。大概這就是隱士之為隱士的原因吧？

王維寫過一首詩，叫〈竹里館〉。詩中的第二句為「彈琴復長嘯」。王維此詩是寫在竹林深處的館舍裡，心境恬適享受天然樂趣的情形。彈琴自是靜中作樂，但「長嘯」就有點過火了，除非是得意忘形而失聲大叫。或者吟詠詩歌時，自得其樂的把聲音特意拔高。

前幾天晚上看電視，看到蔣緯國先生講述他父親生前的一則小故事。他說當他還是小孩子的時候，常常聽到他父親一個人在房間裡面狂嘯大叫。緯國先生認為只有這樣大吼幾聲，蔣介石先生才能把內心所承受的壓力與委屈發洩出來，然後冷靜面對國家民族所加諸在他肩上的重責大任。聽到這樣一段故事，我想到岳飛的〈滿江紅〉一詞中，也有「抬望眼，仰天長嘯，壯懷激烈」幾句，大抵人間豪雄同樣都有孤寂，無奈，不被人了解，心事啥郎知的苦衷。如此，我們在評論他們的是非功過時，是不是也該有幾分寬容之心？

演什麼像什麼

他就蹲在僻靜的角落裡，閉目養神。任你再怎麼關心地問他，他也不大愛搭理，彷彿現在最重要的就是出場的那一瞬。

其實，今天的幾個節目都是由他一個人發揮，連個配音都沒有安排。詩朗誦嘛，就是要用聲音把詩詮釋出來，其他都可不必，以免掩蓋了詩的主體，欣賞詩是不可分心的。他本來是學平劇武生的，要他來朗誦詩，可以說是楚材晉用，委屈了他。可是我們一找上他，他就很高興地答應了。他說他也喜歡詩，雖然從小就學戲，沒有正規讀過什麼書，但很多戲詞都像詩一樣美，很多戲都像詩一樣意味深長，所以他願意參加詩的演出。

倒是我私下裡有幾分擔心。他雖然是科班學戲出身，可是我就從來沒看他在戲中演過正份，學武生的他老是扮些副將、旗牌，或嘍囉兵的普通角色，在大開打時，他只能掄槍舞刀比劃兩下，或翻幾個跟斗就被打敗下去。不過，我還是很欣賞他的認真態度。記得有次他出場演一個報子，探得消息回來報告主帥，只見他出得場來，手上的令旗揚得嘩啦兩響，然後一個靈巧的亮相，乾淨俐落地跪在主帥面前高聲稟報軍情。前後大概只一分半鐘，可是他那中規中矩、精神抖擻的氣勢，和一直在台上演主帥的沒有兩樣。讓人印象深刻。

今天他要演出三首詩。一邊背誦，一邊要用些肢體語言表演，這也就是我們為什麼要找他這個武生的原因。首先他要演出一首名為〈武士刀小志〉的詩，是描寫日本人拿著武士刀在我們中國猖狂進出的種種暴行，他用京白的腔調誦詩，用武行的功夫掄刀砍殺，把一首陽剛的具反諷意味的詩發揮得淋漓盡致。〈夜讀東坡〉是他演出的第二首詩，為了要從一個野蠻的日本軍曹馬上變成一個亦豪亦放的大詩人，他趁別的節目上場的空檔，又去蹲在角落裡培養情緒，結果再一出場，一個一再貶謫流放、儒雅中不失英武之氣的蘇東坡，又活靈活現地站在舞台上了。

等到他三度上場時，他演的角色再度地蛻變，他必須扮演〈午夜聽蛙〉這首詩中的那隻呱噪的青蛙。這首詩以三十六個相似復沓的句子，連續辯證蛙聲所代表的各種意義，意在反映現實社會中各種雜聲的無聊和無趣。由於詩中文字所表現的意象繽紛，他的挑戰是既需狀物巧比，又需曲盡詩人的暗喻，是一首高難度表演的詩。但是他真的又演活那隻青蛙了。他用武丑的詼諧口白，和一身練就的翻打跌撲彈跳，把這首難以詮釋的詩完全從文字中釋放了出來。

當他汗淋淋地從舞台上走回來時，有人問他這樣獨自一人挑大樑演出是不是要比當陪襯演掃邊角色過癮？他鼓起比牛眼還大的眼睛說：「老子只知道演什麼要像什麼，演什麼都過癮。」

小東西

我有一種愛收存東西的習慣，尤其是些小東西，一枚徽章，一張卡片，一條鑰匙串，等等。這些小東西都是隨得到隨意放置，並不像收藏家一樣把它刻意集中保管起來，因之我的衣服口袋裡，手提包裡，皮夾裡，到處都有這種寶貝。有的已經不知放了多少年，有的還是昨夜應酬逛街的收穫。我留下這些東西不為別的，只是珍愛和欣賞它們設計的精巧和創意，一看到便不忍釋手，留作紀念。

年前天冷，在取出舊大衣出來穿時，無意間在大衣的裡層口袋裡發現了幾樣東西。一回憶起來，那還是前年三月到美國紐約時，隨手放進口袋裡的，一張入場券，一個火柴盒，還有一枚徽章。

入場券是進入紐約大都會博物館時用的。記得那天下大雨，我們都沒帶雨具，淋得一身濕進入館內，所以那張入場券至今還是皺巴巴的，但上面氣派的圖案設計仍很鮮明。火柴盒是有天晚上幾位在紐約的文友請我們在一家大餐館吃飯時，在桌上拿到的。別的火柴盒都是紙板形或扁方形，這個火柴盒卻是長四方形，很像北方坑上放的長方枕頭。只有那枚徽章我始終想不出一個所以然來。

事實上說那是一枚徽章也很勉強，因為它只是一小方塊粗糙的可以別在衣服上的薄鐵皮。鐵皮表面漆成了淺黃色，上面除了幾個簡單的英文字，完全沒有任何說明或圖案。而那幾個英文字更是令人一頭霧水，寫的是：「I can't」。

I can't就是「我不能」。我不能什麼呢？為什麼我不能呢？我翻遍在紐約活動的各種記憶，找不到這枚標明否定語氣的徽章獲得的地方。更想不出任何一樣曾經接觸過的事物可以吻合「我不能」這三個字的用意。紐約是一個將人類潛能發揮到最高極致的地方，帝國大廈高到直入雲表，百老匯的一齣歌舞劇可以連演數十年賣座不衰；蘇活區藝術家多如過江之鯽，每個人的作品都在爭奇鬥豔地發揮創意；直立如一張骨牌的聯合國大廈內，有來自世界各地的精英在奮力解決世界各地的大小紛爭。每一個人都是信誓旦旦，自信滿滿地在突顯自己，有誰會要這麼沒志氣的暴露「我不能」？而且用一枚徽章來大肆宣揚。

這真是謎樣的一枚徽章，卻又傳達出一種對自我挑戰的暗示。我在搜索枯腸多天始終找不出它的來龍去脈之後，只好把它掛在書桌前方面對我的檯燈座上。現在我每一抬頭看到那刺眼的幾個字之後，便心生警惕，我問自己，難道別人都能，獨獨我不能嗎？只要我努力，又有什麼事我不能呢？

我想我終於自己找到這枚徽章的真正意義。它給予人的啟示還真是大得很哩。

鄭板橋談讀書

二十多年前某天的報紙上，登有一幅廣告，說台中一家專賣碑拓的地方有鄭板橋書寫的橫披拓印品。我對板橋先生素有景仰，當時正值蝸居落成，需要點具文化氣息的畫來妝點門面，也沒搞清楚板橋的橫披寫的是什麼，便寫信央請正要北上探親的女詩人彭捷大姐替我代買一幀。

彭大姐北上慎重其事的來我家把一幅轉軸交給我之後，說：「向明，橫披是替你買來了，就不知你有沒有勇氣掛出來。」我問為什麼，她要我自己看。

我把轉軸打開一看，嚇得不敢出聲，悄悄又轉了回去，原來那上面寫的是：

「不讀五千卷書者無得入此室」

大概是板橋先生當年書房門上自題的一幅字。五千卷不要說讀，就是把全部的書頁揭一遍，都不知要費多少功夫，孤陋寡聞如我那有勇氣把那張橫披掛出來。

板橋先生是清代的大學問家，得過康熙的秀才、雍正的舉人、乾隆的進士，書當然讀得多，書讀多了，著作也多，有詩、有詞、有畫跋、有道情小唱，更有文情並茂的家書，無不意境高遠，別具情趣。他還會畫，蘭竹尤其是他的擅長，進他那間書房確實是要有點學問的。

板橋先生讀書多，常會在他的文字中談讀書的好處，和讀書的方法。在他的十六篇家書中就有五篇是告訴他的堂弟鄭墨如何讀書，如何求學問的。他認為人須讀書，並不是為了功名富貴，而是在充實自己。他說：「凡人讀書，原拿不定發達……科名不來，學問在我，原不是折本的買賣。」他認為一個人如果「東投西竄，費時失業，徒喪其品，而卒歸于無濟，何如優游書史中。」他要他的堂弟讀書，更要堂弟為他延師課子，而且說出待師之道應「就師之所長，且訓吾子弟之不逮。」

板橋先生的讀書方法更是嚴謹。他極力反對那種「眼中了了，心下匆匆」的所謂「過目成誦」的讀書方式。他認為這樣「如看場中美色，一眼即過，與我何與也？」但他也不喜歡那種把「一部史記，篇篇都讀，字字都記，沒有分曉的鈍漢。」他讀書主張「求精不求多」，他說「讀書必欲讀五車」的結果是，「胸中撐塞如亂麻」。他認為「讀書要有特識」，如果「依樣葫蘆，無有是處」，「而特識又不外乎至情至理」。他把那些讀書萬卷，而胸無適主的人，說成「便如暴富兒，頗為用錢苦。」

讀書像這樣仔細求精，學問便也能靈活運用。鄭板橋那幅書房門上的橫披是倨傲得有些道理的。我一直想發憤學學他，不過至今我仍沒有勇氣把那幾個字掛出來。

救貧的良方

讀書的好處是常常會給自己帶來意想不到的驚喜和發現，使原本貧乏的心靈得到充實。鄭板橋在寫給堂弟鄭墨的書簡中說：「昔有人問沈近思侍郎如何是救貧的良法？沈曰：讀書。」當然，這裡所說的貧無疑是指心智上的不夠充實，惟讀書可補充之。並不是指物質上的匱乏，雖然讀書一樣會致富。

像我這種自小顛沛流離的人，該讀書的時候，沒有書可讀，等到曉得要讀書充實自己的時候，卻又忙於為生活打拚，找不到時間讀書，而現在年紀大了，時間有了，悲哀的是，腦子不但混沌不清，而且還是一隻漏勺，剛裝進去一點東西，就漏得涓滴不剩。叔本華說：「一個頭腦和一本書相接觸時，其中之一，必發出空洞的聲音。」我現在讀書就常有這種事情發生，當然時常發出空洞的聲音的，總是我這空洞的腦袋。

炎夏讀書，讀梁任公的《飲冰室全集》定心消暑。在論〈情聖杜甫〉的一篇中，梁任公首先就說：

「新事物固然可愛，老古董也不可輕易抹殺。內中藝術的古董，尤其有特殊價值。因為藝術是情感的表現，情感是不受進化法則支配的；不能說現代人的情感一定比古人優美。所以不能說現代人的藝術一定比古人進步。」

讀完這段話，令人非常佩服梁任公的見解獨到，對厚今薄古的人，追求時尚的人，應是一記棒喝。不過心裡也納悶，總覺得在那個地方讀到或聽過類似的說法，但始終想不起來，腦子裡祇有空洞的回聲。

還好的是，自己早就知道自己的弱點，我有記筆記和剪報的習慣。

在一大堆剪報和一疊筆記本中，總算找到了那段記憶。原來是已故文壇大老梁實秋先生在民國七十年元月一次徵文頒獎會中，也懷疑過文學藝術會隨時代在進步的說法。他還舉出兩個例證：其一，他在抗戰時路過湖北襄陽，買到一面剛出土的古銅鏡，帶來台灣後經人鑑定，即使現在最新的翻砂技術，也做不出那種精細的手工。其二，他認為趙甌北有首詩：

「李杜文章萬古傳，至今已覺不新鮮，江山代有才人出，各領風騷五百年。」祇寫對了一半。各代有各代的傑出人才，這是不錯。但李杜的詩我們現在讀起來，並沒有因為它經歷了千餘年就不新鮮，反而有歷久彌新之感，所以他不認為新的一定比舊的好，比舊的進步。

兩位梁先生的話中間相差了至少八十年，但對文學藝術的觀點則先後相互輝映印證，如果不讀書，那有這種巧妙的發現？

可貴者膽　所要者魂

「可貴者膽，所要者魂」這八個字是我最近去看一次畫展時所獲得的一句最寶貴教訓。對於從事任何一類具開創性工作的人，我想應自這簡簡單單八個字中得到省悟和啟示。

已故大陸畫家李可染先生的畫現在正在台北展覽。他的聲名早已風聞海內外，他的畫作能夠和我們見面可說非常不易。我對繪畫雖然外行，但對任何藝術的欣賞從來不敢缺席，我總認為祇有美的吸收才能使人生充滿新奇和希望，我不能錯過這個使自己充實的機會。

這次畫展共展出李可染先生自早年（一九四三年）至過世前（一九八九年）的作品八十餘幅。他一生的創作過程，可說一覽無遺。看過李先生的畫之後，使我眼界為之一新，尤其那幾幅大山大水的雄偉畫境，讓人有天寬地闊，萬里走出胸懷之感。最難得的是他能使傳統與現代得到很恰當的融合；使文人畫的專重意境，走出到把世俗生活也寫入畫中，因此他的畫任何階層人看了都會喜歡，達到雅俗共賞的境地。

在所有的藝術領域中，想要將傳統保留，而又不會落後於現代的創新，自始即是一個難以調和的問題。而既要高貴，又要通俗，更是兩難之境。在詩方面，一九八〇年的諾貝爾文學獎得主詩人米洛茲就曾苦惱的說過：「詩人的基本矛盾是，一方面他要對一切保持距離，一方面他又必須和人民打成一片。」如何把這種矛盾化解，真是不知苦了多少有心的詩的藝術工作者。

然而藝術家這種難以調適的矛盾情結卻由李可染先生的畫筆克服了。他能這樣的做到，所持的信念即是題目上的這八個字「可貴者膽，所要者魂」。他所題的這八個字也在這次畫展中展出了。據字旁的自註，他在一九五四年深入大自然旅行寫生前即鐫用此印語以自勉。可說這是他一生作畫的座右銘。

膽是膽識，凡是改革創新都要靠膽識，因為勇氣是破解一切困難的敲門磚，也是一切創建的原動力，光有理想，沒有膽量去實行，永遠也不會成功。李可染先生年輕作畫時，為擺脫前人窠臼，曾誓言「以最大的功力打進去，用最大的勇氣打出來」，即是有膽識，不妥協的明證。

然而光有膽識，沒有清明的精神力量去認定堅持，還是不足以為功的，甚至會走入偏鋒。李可染先生有兩方印，一曰「廢畫三千」，二曰「峰高無坦途」，前者即是從不斷實驗中找出新境所作的努力，後者是堅持尋找藝術最高精魂所付出的艱辛。

有膽識，求精魂，造就了一代偉大的藝術家，我想我們常人能守此原則，一樣也可以把事情做得成功。

速食文化

「速食文化」大概是我杜撰出來的一個新名詞，也許有別人也是這樣的感慨過，被我忽略了。我之所以有此說法，實在是因為我們的生活節奏愈來愈急促，我們愈來愈缺乏耐性，無論做什麼，好像就要如同吃速食麵、沖咖啡粉、吃漢堡薯條一樣，一切都是現成的，隨時馬上就可享受得到，而不管這樣立時達成的效果是否禁得起考驗，或者甚至還有副作用。

當然，持有這種看法，不慣於這種現象的絕不止我，或其他有此同感的人，很多高明的哲士都曾發出類似的感嘆。最近讀書，讀到美國詩人梅・薩頓所寫的《幽居隨筆》，他就曾這樣講過：「現在的人都講究急功近利，老是要 INSTANT（立刻兌現），比如說，汽車不能一打火就發動時，我們自己就先冒火。」誰說不是這樣呢？INSTANT 這個字就像洪水樣處處進逼。花了幾十年修就的一副尊容，「立可拍」相機在幾秒鐘之內就可翻印出來。那管它曾經是怎樣的遭受風霜雨雪的彤鑿侵凌，過程一點也不重要，要的是當下的成功。

在「速食文化」的洪流中，當然首當其衝遭殃的，是很多講究慢工出細活的行業。譬如我國最精緻的表演藝術——國劇，就受到這種洪流不輕的摧殘。據說在台灣唯一表演國劇的劇場——國軍文藝活動中心，百分之九十五以上的觀眾都是四五十歲以上的中老年人。今年在兩岸交流下來台演出的北京京劇團，演員的技藝可說都是一流以上，在台絕對難得一見，可是捧場的觀眾幾乎全是五六十歲以上的老人。我們年輕的觀眾那裡去了？他們去接受「速食文化」去了。在KTV包廂裡，他們INSTANT就可一過歌星的癮，才沒有耐性來欣賞祇可旁觀，不能參與的什麼國粹藝術。

其次受到「速食文化」摧殘的就是真正的文學作品。不要以為書店裡堆得滿坑滿谷的書，書展一次又一次的不斷展出就顯示出我們文學作品受到歡迎，事實上受到歡迎的祇是INSTANT製造，為取悅讀者口味而出的幾本暢銷書。真正花時間經營出的好文學作品和文學性雜誌，在劣幣驅逐良幣的惡性競爭下都乏人問津。誰會花整晚的時間去看一部長篇小說呢？有這個時間他去看有聲有色的電視連續劇去了。誰會去正視一首嘔心瀝血的現代詩呢？

赤裸裸、軟綿綿的流行歌曲已經佔滿了他們的心靈。

有人說，這種情形正是後現代狀況下的文化現象，凡事祇求近利，祇重表層，所有的固有價值都將消滅於無形。如果用這種急吼吼的態度來與永恆拔河，不拿出十足的定力來穩住腳步，我們這一個時代將會輸得很慘的。值得大家重視。

八字真言

民國六十五年三月的時候，我的住處附近不遠的山邊上，發生了一件事情。一位名叫清嚴的老和尚圓寂後肉身成了道，他的徒弟把他裹上金身供奉在小廟裡參拜。消息傳出去以後不久，附近的人都好奇的跑去看，更有信徒從遠道包了遊覽車來上香，一時使那罕有人跡的山區途為之塞。我早在民國四十二年就在汐止瞻仰過慈航老法師肉身成佛的大典了，所以沒再去看。倒是我的孩子們趕去湊了熱鬧。他們當時年紀還小，回來之後也說不出什麼，祇是給我帶回一張紀念會贈送的書籤。看了書籤之後，使我對這位老和尚頓時肅然起敬。

這張書籤一面印的是老和尚生前的法相，雙手捧胸，定目凝神，非常莊嚴肅穆。書籤的另一面是黃底，上面印的是老和尚親書的墨寶：「不愁無廟，只愁無道」，八個用鋼筆書寫的行體字。這八個字雖然並不起眼，卻蘊藏無窮力道，我的眼睛一觸及就像突然當頭挨到一棒一樣，使我在紛紜世事中及時的猛醒。這張書籤自那時起就一直壓在我書桌的玻璃墊下，作為我沉著面對人生的暮鼓晨鐘。

我對老和尚的身世和修行的情形至今一點也不清楚。可以想得到的是，在他苦修的過程中，一定非常不順遂，不知受過多少折磨，忍受過多少挑戰，甚至連一個掛單棲身的地方也沒有。但他堅持自己的信仰，潛心學佛。他深信祇要自己的勤緊修持，修到覺行圓滿，最後的往生極樂，自必有所歸趨，絕不是空手強求所可得來。老和尚憑著這一生的堅持，最後終於修成正果，不正是他自書這八個字的應驗麼？記得在他成道後，他的信徒們爭著要去供奉他，甚至釀成轟動的社會新聞。

其實豈止修行成佛這麼高的人生境界，世上所有事情哪一樣不是靠努力打好根基，蓄積一身功力，然後才會功成名就，享受成果的？又有哪一樣偉大的成就是憑投機取巧，買空賣空所能終底如成？人祇怕自己沒本領，有了一身的本領，就不怕富貴榮華不自己靠攏過來，想擋都擋不住。時下有一些人常常忽視了這種事實，頭上還沒有開光，就希望有一個廟來供奉他。走正路達不到目的時，就在旁門左道上下功夫，或者走後門攀捷徑，不達目的，絕不終止。每逢看到或聽到這種狂妄無知的人，我就會忍不住想把清嚴老和尚這八字真言送給他，讓他也及時清醒。

「踏」青

不知是誰有那麼好的興致，突然在電話那頭吆喝著說：「咱們趁這幾日春和景明，踏青去吧！」一下子我都懷疑自己逆轉入了時空隧道，難道現在還是唐太宗主政，二月二日要臨幸昆明湖「踏青」，召眾仕女相與嬉遊。這是趕那門子熱鬧呀？我對電話那頭說：「你有沒有搞錯？現在，去踏青？何處有青可踏？」他在那頭說：「往臺北近郊走走，不就可以踏青。」我對他說，我就住在臺北近郊，而且就在山邊上，山裡地面上所有的青翠都早就被每日川流不息的閒人踏成黃土地了，我們現在才去，恐怕遲了一步。

「那我們到陽明山去吧！那裡原來叫做草山，草色青青，應該可以走走吧！」我說就是因為沒有草了，所以才叫做陽明山。現在的陽明山全是私人別墅，我們不能亂撞。不過還保留了一處國家公園，公園裡面當然還有草，而且都是特意培植的奇花異草，美不勝收。不過那些草是「不准踐踏」的，否則要罰錢。

他一聽仍然不死心，居然說：「那我們到林口去好了。林口不是有大片大片的如茵綠草嗎？我們到那裡面去打打滾，也是享受的。」我祇好對他說：「你這一說正合我的意思，也是我日思夢想去任我馳騁的好地方，不過到那裡面去踏青要會打高爾夫球，連會放風箏都不行。而且要有球場會員證。」朋友聽我一再的潑冷水，書呆子的他實在也說不出再有青可踏的地方了。顯然他所有的興頭全被我無情的打消，祇剩下連連的嘆息聲。

我怕太掃他的興，值此喜氣洋洋的新春佳日，有傷做朋友的厚道，趕快對他說：主要是閣下剛才說話太泥古了，你好像還活在線裝書裡，大概剛唱和過蘇東坡的「踏青遊」，還在緬懷幾千年前流行過的「踏青節」。現在誰還說踏青？現在要說郊遊，說郊遊人人都懂，人人都喜歡去郊遊，隨時都可以郊遊，並不限在二三月間才出門的所謂踏青。現在的郊遊才真正的是去「踏」青。所有的公園綠地，山川草木之處，祇要經過一次郊遊，連死縫角落的幾處草叢，都會被踏得鼻青臉腫，無一倖免。就連吊在空中翠綠的樹葉都會被踏青者的烤肉煙火薰得滿面鐵青。閣下要去作現在這樣的踏青，儘可去和尊夫人、貴公子或課堂裡的弟子們去商量，他們或她們都曾有過豐富的郊遊經驗，保證一切準備舒齊，準時上路。不過最好把眼睛和呼吸系統都留在家裡，因為現在的踏青已經不是去欣賞大自然的春日美景，也不是去吸幾口野外清新的空氣。眼看和鼻息之後，你將永遠失去郊遊興趣。

電話那頭終於作了這樣的結束：

「那我還是去找蘇東坡去，謝謝你的指點。」

鳳凰樹下

那天我應邀到（台灣）南部的一所大學去做文學獎的評審。在中山大學執教的余光中兄特別抽空開車帶我去看一處他認為南部特有的奇景。車子沿著壽山坡道轉了又轉，眼前突然一片紅霞，一群鳳凰木花開得像是擎天的大火球樣，在向上燃燒，在向天燎原，真是轟轟烈烈的一種生命展示呵！我一時錯愕了，一棵樹為什麼要這麼興奮呢？它們哪裡有那麼多熱情需要這樣瘋狂的表達？也許不是熱情是憤怒。憤怒也會這樣血脈憤張，它們又有什麼理由這麼憤怒呢？南部的天氣這麼明亮，海這麼蔚藍，它們這樣浪漫地消耗體力，會不會傷身？

光中兄告訴我，現在正是驪歌高唱的季節，好多好多青年學子都將離開學校，離開家庭，走入社會展開一段新的人生。每年在這個時候，鳳凰樹就一定狂放地爆開一次花，像是熱情地歡迎這一批社會的新鮮人，又好像是為這一些投入社會的生力軍點燃開道的火炬，讓他們選擇光明的前程。詩人的想像力總是比別人豐富，連無知的樹也會多情起來。

我常對我的家人講，我這一生有兩大憾事，一是從來就沒有胖過，二是沒有正式讀過大學。沒有在大學依偎過四年，當然就體會不出此時鳳凰木頻頻開花對學子們的真正意義。不過，孩子們一出家門，便得面對一切從頭做起的艱苦，他們確實是需要鳳凰花般熱情的開導與指點的。報紙上說，一家研究機構有一千多位從國外學成的博士在等待候補的職位，又有消息說，只需初中學歷的郵務士，報考時盡是大學畢業生去報名。而很多需要出勞力、流汗水的重大工程，卻找不到工人。要一個初出茅廬、乳臭未乾的毛孩子，如何做出他一生最重大的決定？

在鳳凰樹下，光中兄大概看出了我對樹愣然無語的杞憂，他說難得到南部來賞此奇景，我們在這裡照張相吧，看兩頭白髮如何與這一樹紅霞相輝映。

想想也對，無論滿頭白髮或一樹紅霞，都不是突然一時冒出來的現象，都曾有過青澀初生時的適應與艱苦，更曾歷經成長茁壯時的掙扎與煎熬。路都是人走出來的，每個人都會有一條路可走，是什麼樣的一條路就全看各人曾經有過什麼樣的準備和付出。社會是一個膨脹系數極大的有機體，每年都同樣有那麼多年輕人投入社會，也都被吸納進去了。英語中的Commencement不止有畢業式之意，其第一義是「開始」，一切的開始都是艱難的。

卡嚓一聲，我在紅透半邊天的鳳凰樹下，做了一個瀟灑的姿勢。孩子們呵，路都是人走出來的！

人與狗

家裡的一隻狗走失了，一家人都如喪考妣樣的為之失神，全家總動員尋遍了大街小巷，尋狗啟事的紅紙條貼遍了各處電線桿、公佈欄，還以重金懸賞，冀求早日狗歸原主。

家裡失蹤的那隻狗突然又莫名其妙的回來了，一家人馬上反嗔為喜，像歡迎歷劫歸來的親人樣的噓寒問暖，甚至還特別煮了豬腳麵線，給狗壓驚。

這年頭，狗的地位不斷竄升，幾乎已經和人平等。有狗的家庭無不把狗視為家裡的一個成員，衣食住行育樂全部以人的標準來給與，狗的一舉一動也牽動人的情緒安寧。

我的同行名詩人洛夫家裡養的一隻沙皮狗，論長相，實在臃腫得夠醜，論體味，濃濁得可以熏死臭蟲。但是詩人卻情有獨鍾，不但不以狗相待，還取了個和子女排行的名字。詩人平日極有尊嚴，除寫作，練書法外，極少其他旁務，但是有了一隻狗之後，幾乎成了狗的奴僕，蹓狗是他，給狗洗澡，處理糞便是他，為狗打點三餐是他，從不以為苦，彷彿還成了他除寫詩外另一樂趣。

當然，狗之能夠得寵，實也有它取寵的條件。狗確實是所有動物中最能善解人意的動物。貓以馴良的性格為人所喜，但貓在有了新歡時馬上會不辭而別，而狗到了一個家中，它這一生就跟定了這一家人。打也打不走，丟掉他還會自己找回家來，平日看主人的臉色行事，有時還仗勢欺人。狗也馴良，但更具忠心。我的親戚家養的一隻黑土狗，擠在他們那棟窄小的違章建築裡至少相依為命了十二年。主人罵它時，它會難過得躲在角落裡暗自流淚。老死時氣若游絲，奄奄一息就是不肯待在小屋，因為自知體臭難聞，爬也要爬到屋外草地上等死，但又痛苦得始終不捨閉上眼睛，最後還是女主人附耳給它安慰幾句才閉目長逝。那一家人從此再也不想養狗，怕再度為失狗而傷心。

但是並不是所有的狗都有這樣的結局，死命效忠主子，主子也同樣忠心待它一生。在都市街頭各個角落成群的流浪狗；在垃圾堆中討生活的野狗；躲在汽車底下避風雨的病狗；揮之不去，始終固定在一處屋檐下走道上等待施捨的被棄狗，無不有一段輝煌的寵愛有加的黃金歲月，有的還是名種之後，血統高貴。但是一旦被主人玩膩；一旦老得不能騰跳逗趣；一旦因得寵時吃了過多油膩而重病纏身時，便會演出始亂終棄的悲劇，成了今天游走街頭，慘死輪下的可憐蟲。

我每天經過的這條小巷，總是會出現兩三隻腳跛、毛脫、全身血肉模糊、蟲虱隨身糾纏的流浪狗，見到人時，那禿得光光的小尾巴，還會搖動示好。看到一次，我就難過好久，因此每當聽到有人要養狗時，我就勸他們要有養牠們一輩子的心理準備。不要喜新厭舊，不要半途遺棄牠們，因為牠們也是生命。

一棵樹的滄桑

我的住處是在一處山坡的高地上，從我這裡出去要走約二十分鐘才能搭到公車。在從我那山坡下來的地方，設有一處小小的公園，那裡是這靠山附近居民的休閒場所，裡面設有簡易的兒童遊樂設施。四周有一條步道，每天都有孩子們在溜滑梯，有老人在步道上散步。在步道靠近馬路邊的一角，沿路還擺了好些用舊的椅子沙發，差不多時時都有一些人在那裡的樹底下聊天喝茶，聽收音機，甚至還可就近看到對面違建攤敞棚裡的電視。總之，一幅悠閒安樂的景象，都可從這小小公園的一角看得出來。

我每天出門都要經過這個小公園。那裡馬路邊上設有一個郵筒，我的信多，寄信時就要靠過去看一看，有時也跟他們搭訕幾句。

有一天我拿了信去寄，郵筒的一邊卻被旁邊倒下的一棵樹蓋住了，我要撥開樹枝才能把信塞進郵筒。我看了半天也搞不懂，好好的一棵樹為什麼會倒下來，那時又沒有颱風，又不可能被撞，除非有人故意去推倒。像公園路邊種的樹多半都栽得不深，硬要推倒它是不難的，難過的是不懂為什麼要推倒一棵枝繁葉茂的樹，與人無爭的樹。

這棵樹倒在那裡第一天沒人管，第二天仍沒人去動它；過了一個禮拜仍是那樣可憐的倒在那裡。坐在那裡喝茶聊天的人，仍是每天在那裡喝茶聊天，好像都無視於那棵樹的存在或不存在。

又過了幾天我去寄信，看到那棵樹仍躺在那裡沒有動，我對坐在一旁的一位先生半自言自語的說：「這棵樹再不扶直就會乾死了。」因為我看到樹根有一半露在泥土外面，樹沒有泥土的護衛，就會吸不到營養和水份。

「是呀！政府還不派人來處理，恐怕就要死翹翹了。」

我以為自己的耳朵有問題。舉手之勞就可把一棵樹扶起，原來也要等「政府」來處理。趕快問了一句：「你說要等市政府派人來把它扶正？」

他猛點頭，口裡連說當然，當然。他的這一理所當然的態度，使我感到相當熟悉，電視上常常看到的民意代表的說話不就是這副口氣？我想，民眾學得多快呵！真正是像在當家作主了，一切的事情當然都得由公僕來處理，哪怕是小小一棵樹的扶起。

那棵樹真的最後等到「政府」派人來把它扶直了，並且重新填了土，加了一根支撐。那些人還是照樣在享受那片樹蔭所給他們的恬靜安謐，好像周遭一切事情都沒有發生過。

誠為上策

這幾天的報紙上常常看到一句從西洋拾來的成語「誠為上策」，有時拿來提醒別人，有時是用來辯解自己，和我們常講的那句「不誠無物」成了上下最好的接應。

「誠為上策」（Honesty is the best policy）這句話我讀到也很早，大概是在大一課本中唸到。也許是因為句型簡單，每個單字都容易記，又兼意義深長，所以是我所讀過的英文中，記得最早，最牢的一個句子。

但是儘管記得最熟，最久，也最喜歡，然而為什麼「誠」就是上策，不會是中策，甚而下策，這些個歸根究柢的原因，就始終沒去索解過。我有著所有中國人讀書不求甚解的通病。

然而口頭上這些常常出現的真理，祇要平時稍加注意，不用去窮究，往往也都會在生活中自動驗證出來。「誠為上策」這四個字就在我留學生涯中真正實證過一次，凡事能誠，確有許多意想不到的好處。

三十多年前我還是一名空軍中尉的時候，經過嚴格的選拔，被派到美國南方的一個空軍電子研究中心去深造。那時一部電腦還是一間大房子的體積，電晶體還剛發展成功，我們這些個從世界各地來的外國學生雖然學得非常辛苦，但是由於精神和物質與美國人同等的享受，仍然陶醉得有如身在天堂的開心。好多國家的同學都想方設法在美國多留些時日，裝病者有之，故意讓功課趕不上者有之，期滿不回國，流浪在美國者更不乏人。

美國人為防這種病灶，祇好在管理上嚴格要求，規定學生在學期滿結束之前四十天自動向學生中心報到辦理準備回國的手續，並將交通工具一切備妥，到時立即上路離開美國，多一天也不准停留。

記得和我該同時結業離美的還有一位泰國同學，他仗著一口標準美語，又和學生中心平日混得爛熟的關係，在自動報到的那一天，他故意撇開我獨自一早就到中心去辦手續，同時藉口要到德州去看親戚，請求多寬限一週離境。誰知他五分鐘後即被碰得鼻青臉腫的回來，中心還把他在德州的轉機，換成直飛，防他在中途跳機偷跑。

我是到下午才去學生中心的，由於有著「雖信美而非吾土矣」的心理準備，無忮無求的見著了那位承辦人員，一個年高體粗的士官長。他看了看我，想不到二話沒說，連資料都沒翻就要我再過三個月才向他報到。我一驚馬上就悟及他把我誤為另一個中國同學了，立即就告訴他我沒有教官訓練，祇有回去準備教人的才會延長三個月。

「錯不了的。你們中國學生我最清楚。」他仍然堅持。

「真的沒有。不信請你查我的資料，我沒有教官訓練。」

胖士官長不相信自己的看了我半天，然後很不情願的抽出檔案櫃查我的資料。看了一會兒，他抬頭看了我一眼，想是對我的照片吧？然後一臉不信的轉向我說：「你真是罕見的誠實！」接著又用非常吊詭的口吻問我：「現在，我能為你幫什麼忙？」

能幫什麼忙？當時我心裡在暗罵他糊塗透頂還要賣乖。我要他拿表格給我填，好準時回台灣。誰知他卻堆滿笑臉的回答說：「讓你家的 honey 多等幾天吧！我幫你延長兩星期，發你全額差旅費，到美國各地去看看。這是誠實給你的報償。」

就是這樣，我意外地得到全程招待美國旅遊，這可是誠實帶給我的好處呵！誰能說誠不是上策呢？

一樣米養百樣人

這一陣我們社會最熱門的話題就是「米」。美國人假自由貿易之名硬要我們這產米最豐的台灣，進口他們的美國米，我們當然要憤怒反對。做貿易要根據供需情況，我們無此需要，仗勢逼著供給我們，這那裡是自由貿易？

閒話表過，我也要趁這米的話題炒得正熱時，講一則也是吃米的故事來湊興，保證絕對稀奇，今後我們對於米會更加重視，更加愛顧。

女詩人敻虹小姐是我們藍星詩社的成員，也是我寫詩幾十年來談得最來的異性朋友，儘管我們經常都不住在一個城市，各忙各的營生，但是我們總是常常相互關心，有機會都藉此了解一下彼此的狀況。

上個月的時候，我們大家都要好的朋友詩人鄭玲從紐約回來探親，為了相約和鄭玲見面，夐虹和我通了一次電話。我還以為她仍在花蓮，誰知她已悄悄搬回台北舊居。根據這多年來和她交往經驗，知道她經常生病，每次談話她總是病懨懨的上氣不接下氣，而且病因都不同，好像能夠說出來的病她都害過，有一次她甚至說她正害皮膚病，臉腫得像南瓜那麼大。我們在她美麗的別號「繆思最鍾愛的女兒」之外，另稱她為「病美人」。

但是這次通話時，她的音調不同了，不但中氣十足，而且自信有力，電話那頭出現了一個陌生的夐虹。

「向明，你聽我的聲音怎麼樣？」還沒等我問原因，她倒先探我的反應了。

「我正要問妳呢，妳現在怎麼這樣有精神？」

「當然有精神，我現在是一個最健康的人。在高速公路上開車來來去去，面不改色。」人家說士別三日刮目相看。和夐虹沒有見面當然不止三日，甚至不止三月，但是即使三年，一個老病號就突然變得自信很健康，真難以置信。

「怎麼會突然身體好起來的呢？」我奇怪的問。

「說起來真是菩薩保佑。」夐虹是一個虔誠的佛教徒，她這樣的開頭解釋原因，我一點也不奇怪，接著的話就使我不得不相信真是奇蹟了。她說她在三個月前還是三天兩頭生病，這種病那種病，病病不斷。有一天她那讀大學的小女兒回花蓮看她，見她病得可憐，便陪她到鄰近一家診所去看。那家診所的醫生剛從日本學成回國，據說有一些新的診斷經驗。經過那位醫生一番徹底檢查，結果認為她情形正常，找不出任何毛病。接著醫生問她是不是不愛吃飯。她說她從小就不愛吃米飯。這些年來由於醫生說她有高血壓，心臟又不正常，她更不敢吃澱粉食物，怕發胖。就是現在吃素，也是青菜豆腐果腹，粒米不沾。

醫生說這就難怪，她就是因為缺乏米中某類澱粉的營養，才會引發各種毛病，祇要每天正常吃飯，百病消除。

於是她聽從醫生的話，每天強迫自己吃米飯，身體果然一天好過一天，而且頭髮都由白返黑過來。

台諺有謂：「一樣米養百樣人」，真是一點不假。又有一句俗話：「人是鐵、飯是鋼」，人怎可不吃飯？

一輩子受用

前兩年的一個暑假，我和一批寫作的朋友應邀到一處佛教勝地去參觀訪問。正巧那時廟裡也在舉行兒童夏令營，在吃午飯時，我們看到一群小老師細心的在教小朋友一些餐桌上的禮儀規矩，譬如長輩沒有就座前不可擅自開動，拿筷子端飯碗的正確姿勢，坐在餐桌旁要有標準坐姿，不可趴開兩手侵犯旁人，吃菜喝湯不要出聲等……。孩子們一個個被糾正得哈哈大笑，好像從來沒聽說過吃飯也會這麼麻煩。和他們在家裡吃飯時的自由自在無法無天完全不一樣。當時我們就覺得夏令營用這種生活教育的方式來啟發孩子的心智，可比教他們學電腦、唸外文來得有用得多，可以影響他們一輩子，讓他們受用一輩子。

其實像餐桌上的這些規矩，不過是平日生活上應注意的一些細節，孩子們在家庭裡就應該懂得和遵守的。這都是家庭教育的一部份。可是我們當前的這個社會最式微的就是家庭教育，在所謂讓孩子自由發揮，愛的教育的漂亮口號下，我們的孩子已被縱容得一個個都是不能碰的刺蝟，連父母示愛的關懷叮嚀，都會被孩子回敬以囉唆多餘，老師們更惶惑得不知道要如何對待他們，才會使他們安份守己不出亂子。

就我們從前小時候所領受過的父母管教標準言，現在小孩子的一舉一動、一言一行都粗俗無禮得該隨時接受嚴格的教導。我記得當我四、五歲的時候，有次母親給我做了一雙新布鞋，我規規矩矩穿了才三天，便懶得拔起鞋後跟，像穿拖鞋樣的穿了到處跑。結果被我祖父發現了，他用竹芽子狠狠抽了我幾下，他說鞋子要穿就穿好，不穿就乾脆打赤腳，這樣拖拖拉拉像什麼？那幾下竹芽子抽得我好像至今還在痛，但卻也使我一生做事都不想拖拖拉拉。還有一次是我在盛完飯時，把飯瓢隨便扔進飯甑中，父親看到了罰我放下飯碗去面壁思過。我左思右想也想不出扔一下飯瓢有什麼嚴重，頂多是行為太隨便罷了。後來父親對我說：「你知道人的手有多髒嗎？大家都把飯瓢亂扔飯上，那鍋飯誰還敢吃？」父親這簡單的幾句話伴隨了我這一生，隨時告訴我凡事要顧全大局，不要祇想到自己一人。可見父母長上自小對我嚴格的管教，是如何影響了我這長長的一生。

最近青少年的問題層出不窮，砍殺父母師長者有之，縱火燒車者有之，飛車打劫者有之，一件比一件恐怖。各方追究下來，都把責任推給學校或警方沒有事先防範，卻很少有人想到這都是家庭從小縱容所養成的後患。要解決青少年問題衹有加強正確的家庭教育，父母的認真關懷，才是正途。

敬惜字紙

「敬惜字紙」這四個字是已經成了絕響的一種呼籲，一種已經一去不返的文化涵養，大概只有五十五歲以上的中老年人還會保有這種對文字敬惜的習慣。記得從前當小孩子的時候，「敬惜字紙」這個簡明的標語在通衢大道上，在僻街小巷中隨處可見。伴隨這四個字存在的還有到處都設置的「字紙焚化爐」，那個磚砌的爐子煙囪上也少不了漆上這四個字，那真是一種令人懷念的文化遺跡。

由於有了這四個字的隨時警惕，從前一般家庭也絕對養成不隨意拋棄字紙的習慣，更是大人教導小孩常見的一句口頭禪，大家總認為隨意亂丟字紙是一種罪惡，人們對紙上面的那些方塊字，不論它是印成書面的也好，隨意塗寫在一張紙上的也好，散發的戲單子也好，總是認為神聖不可侵犯。小時候為了偶爾不慎丟了字紙不知挨過多少罵，頭上還挨過戒尺。母親總是告誡我們孩子，亂丟字紙會變成「光眼瞎子」，她一直以自己不識字為憾。也還記得洋化了的小表妹，有一次不知把一本什麼書墊坐在屁股底下，被古板的老祖父發現，連帶姑姑也挨了一頓教訓，認為她管教子女不嚴，有辱聖人。

從以前這種「敬惜字紙」的呼籲中，我們可以體會得出，那不單純是一種保持清潔的要求，也可以說是對驅使文字的讀書人一種尊敬的間接表現。所以以前的所謂「萬般該下品，惟有讀書高」是其來有自的。

然而這種國民普遍應具備的美德竟成了歷史的陳跡。今天大概除了小學低年級的課本上還會提到不亂丟果皮紙屑的告誡外，其他就只有偶而在一些公共場所看到這一類似的要求了。但這已經完全是為了保持環境整潔著想，與敬惜字紙毫無關聯，而即使是單純為了這一公共衛生的目的，人們也是置若罔聞了。我們只要隨時去看一看一些城市的集會場所，或者經常必有的各種遊行活動過後，那種滿地字紙被踐踏後的髒亂現象，真會令人怵目驚心，不知道我們國民道德怎麼會低落到這樣不可收拾。

而最糟糕的是，誰個個人或家庭想要獨善其身的養成不亂丟字紙的習慣已經不太可能，因為你自己不在家裡丟，別人會自動丟上門來，那就是越來越多的廣告紙，和越來越厚重的新聞紙，他們從信箱，從門縫，從院子裡，不計效果的往家裡塞，使人撿不勝撿，收不勝收。每天進出大門一伸腳就會踏上一張印刷精美的廣告單，或者幾張搬家公司的小卡片。沒有人會珍惜文字的價值，更沒有人會想到多印一張字紙就會要多犧牲掉一棵樹。

又是秋天了，枯黃的落葉會自動掉落滿地。這種自然的榮枯現象，我們無法拒絕，但是對於人為的遍地字紙，我們要心痛的呼籲，請大家敬惜。

假想敵

我的朋友A君是個非常有內涵的人，不但學養好，而且功力深，又勤奮。一手毛筆字寫得筆飛墨舞，灑脫有勁，被圈內人視為當代書聖。照說像這樣一個在學養上有格調的人，性格應該也像他的書法一樣的恢宏灑脫，他卻生活得緊張兮兮，時時處在危機四伏的感覺之中。

有個多年不見的朋友突然打了個電話向他問好，他會為那個電話打來的動機研究半天。為什麼失去聯絡這麼多年突然會給他電話？電話號碼從何打聽得知？該不會是有求於他，先打來聽聽反應？也許是別人捏造他的什麼不幸消息，讓朋友打電話來求證。

報上偶然看到一篇文章，文章內容語多指責，而指責的又恰好是他有興趣的一些事情。他可緊張了，一定是有人要陷害他，懷疑過張三不像之後，又猜李四的一切可能徵候，想方設法去打聽這個寫文章的人，然後苦思怎麼還擊之道。

幾個同事午飯時間聚在一起聊天，他沒參加，同事們神秘的低聲交談，不時有人朝他看了兩眼，他馬上敏感起來，覺得那些傢伙一定是在說他的壞話，密謀算計他，他在一旁憤怒得咬牙切齒。

他把周遭一切都看成諜影幢幢，處處都埋伏有要攻擊他的敵人。他時時給自己製造虛驚，隨時都處在備戰狀態，他活得真是辛苦。

我常常問他為什麼要這樣自尋煩惱，明明天下太平，你卻要製造那麼多假想敵來圍攻自己。他說我不懂，我不是他，我要是他一定也像他這樣時時提防小心。

事實上憑我在旁的觀察，我可以歸納得出他之所以如此多疑的原因。他之自我設防，主要是他把自己看得太重要，太過於自我膨脹。他認為他的重要一定會遭忌，惹來不滿，惹來別人的打壓，所以他把別人對他的關心，與他毫不相關的指責，甚至朝他多看了兩眼，都看成是向他挑戰，他就是這樣製造出眾多的假想敵人。

多疑其實是自卑心理的一種反射。過度自卑常常會導致尋求虛妄的自我膨脹來作心理補償。這是一種非常不健康的心理變態。

我們這社會現在這種心理不健康的人太多，動不動就把一個人殺掉；不小心瞄了別人兩眼，就會刀子上身；沒來由的街頭鬥毆；甚至亂喊亂叫的街頭運動；毫無根據的政治謠言，都是由於對別人不信任，自作多疑所演成的惡果。

在一切講求透明化的今天，在高唱多元價值的今天；任何人都有自由意志來表達自己的今天，人與人之間的相處，祇有互相尊重，互相信任，才是和諧之道。多疑祇有苦惱自己，製造敵人，製造不幸。這是任何人都不願見到的。

過河卒子

又聽到白色小馬般的兩條生命被自己的雙手所扼殺；又聽到綠髮的樹般的兩條生命被自己施毒的雙手所了結。這是近兩月來發生的第二次最令人心痛的事件。第一次是月前一位高中學生不過一次尋常的腹痛，卻檢查出肝癌已近末期，生命到此所剩無幾。都是可愛得像微笑的果實般完美的年齡；都是海燕般的翅膀般正待高飛的年齡，結果卻從這紅花柳綠的世界上消失。不由得使人懷疑我們所信服的全能上帝為什麼會如此不公。

兩個年輕的生命結束自己後，祇留下一封簡單的遺書，祇說做人很辛苦，承受著的不是一般人所想像的挫折與壓力，而是社會的本質就不適合她們，她們經常陷入無法自拔的自暴自棄的境地，因此她們在平靜而安詳的心情下，完成了人生最後一件事。她們的生命才剛剛開始，就去完成人生最後一件事，未免也太取巧了吧！她們為什麼會有這麼大的勇氣去縮短自己的人生？這絕不是遺書中那幾句簡單概念式的話所可解讀。

但是代為解讀的話語還是一批批從各方釋出：有位心理學家說根據研究發現，青少年自殺行為有互相模倣的作用；兩人會一起自殺大多是因兩人關係發生解不開的問題而引起。有幾位與她們年齡相若的人說，這是由於面臨聯考壓力，用以反對人生賦予太多任務，不堪沉重的負荷，而作的逃避之舉。更有師長階層的人認為這是由於教育當局對學生常以智能開發為導向，而忽略人文教育的薰陶，孩子發生精神苦悶，又無適當宣洩管道，祇好自尋短見。然而儘管這些關懷的人都言之鑿鑿，但一旦從她們生前的平日表現、學業成績，以及精神狀態、家庭情形等來對照，這些理由似乎並不能全部言之成理。她們的死恐怕永遠會是一個謎。除非啟她們於地下，沒有人能夠了解真相。

確實我們常常痛苦自己不是超人，無法超知我們知識範圍以外的事。但是我們既是凡人，凡人也許能從凡人的立場設身處地感知或推理出一些不可能的可能。可以這樣想，這幾個孩子如果讀的都是普通高中，甚至是偏僻鄉下的高中，也許根本就不可能有自殺這回事，甚至她們的快樂還會超過常人，因為她們有足夠的本錢，可以有恃無恐；她們有較大的心理彈性空間來作調適。她們可以寧為雞口、不作牛後；也可以比上不足，比下有餘而伸縮自處。而偏偏她們都是集天下英才於一堂的第一名校的學生。她們已經被塑造成祇許前進不可後退的一群過河卒子。她們每個人都是齊一站在起跑線上的千里馬，即使沒有外在的期許和鞭策，也會對自己要求祇有超前，不可落伍，無論生理或心理她們都要超支的付出。她們遺書中的所謂做人辛苦，所謂承受著的不是一般人所想像的挫折和壓力，恐怕就是這種無法也無從排遣的處境所造成的吧！

有位心理學家說，容易自殺的青少年，以功課較好的孩子多。事實上也有調查指出，犯罪的孩子也多是放牛班出身。這都是把人也像物一樣「分級包裝」所造成的後果。為什麼不給我們的孩子一個自然的學習環境？在聖賢才智平庸愚劣雜處一堂的環境中，人的存在才會比較具有趣味的。

現代桑榆晚景

不管「生老病死」，人生這四大難關，關關難過，處處驚險，人卻總是要羈關破陣的走上一遭的。祇是有的行過得瀟瀟灑灑、漂漂亮亮，有的則是悽悽楚楚、窩窩囊囊。全看個人的造化、修為和遭際，以及是否對所謂命定敢於挑戰。

我不認識寫《銀絲舞春風》的鍾文鳳女士。是我的文友林峻楓小姐極力推薦我認識鍾大姐和她寫的文章的。林峻楓認為鍾奶奶雖年逾七十，曾經羈遍人生各大關口，也見足人間的世態，但她面對這可愛又可慄的社會，仍然有一顆深雋熱誠的同情關愛之心。尤其對與她同年齡層的大哥大姐，也就是所謂白髮老人，更是敢以一同走過的感觸和體會，道出最體諒卻又最真實的心情故事。

台灣慢慢邁入高齡化社會已是不爭的事實。但是這個尚在角落裡的社會卻是至今最被人忽略、最沒有人急於去爭取的一隅。當然主要是整個國家大局百廢待舉，而社會層面又處於醉生夢死的享樂場景，又有誰個眼的餘光會去掃向那與他們自身還遠若非洲的可憐的一群。因此台灣是沒有所謂老人文學的。所有的文學人也都在往那個世俗的資本主義大染缸裡跳。買凱蒂貓的男男女女可以擺出見首不見尾的長蛇陣，又有幾個人會到老人院去探望一眼、安慰一聲？人情的澆薄最易從這些地方看出。

因此當我讀完《銀絲舞春風》的四十篇小故事以後，便不覺為我自己，以及我輩所有作家慚愧。我們實在太自私了，眼光太窄狹了，這麼多眼前的好題材、真題材、有價值的題材沒有去寫，而整天在寫情慾大全、金權大戰，實在有愧一個作家的職守，更違背了人間正義的原則。其實鍾大姐寫的這些故事都是非常人間、非常現實，存在於我們每個家庭的，祇是由於鍾大姐自己也是老人院的一員，所有老人的問題都集中在這個地方突顯出來，鍾大姐這支老而彌堅的筆，才以文學的筆調，以社會寫真的角度，很就近的就寫了出來。即以書中的〈婆媳之間〉這一篇為例，婆婆興致勃勃地跑到美國去與兒子媳婦孫子團圓，準備好好享受一下天倫之樂，卻被媳婦當成老媽子下女看待，氣得哭哭啼啼的逃回台灣，這種例子即使在我的同學朋友中已有多起。還有〈老夫少妻〉這一故事，少妻早已藉口遠離他鄉，甚至改嫁小伙子，老夫仍在死心塌地每月匯寄老本奉養少妻的例子，更是在老兵群中時有所聞。這些傷心的故事，每讀一篇即心情沉重一次。十足突顯出只有老人才遭遇到的獨特老人社會問題，是多麼的嚴重。我們實在不能祇把這些文章當消閒故事看。

不可諱言，人的生老病死這四大難關，以「老」的這一關過程最長，最複雜，問題最多，也非個中人不能體會，縱有體會，沒有一支筆記錄下來也是枉然。鍾大姐以過來人的心得，道出了這麼多角落的陰影、人間的悲歡，我覺得這書中的每一個故事，都值得研究老人問題的專家學者去重視體會，尋求適切的解決之道。更可以讓一些社會學者，或研究社會問題的專家，多了解一些實際的案例，在他們寫研究報告時，不會落入高蹈空談。如此，鍾大姐用愛與關懷寫出的這本書才有真正的意義和價值。

小的種種

我曾經寫過一篇討伐〈不安於小〉的文章，認為我們這些人大概衹有在報稅時才拚命把自己的收入報小，平時無論在那一方面都貶小圖大。同時還阿Q似的說，小又有什麼不好？小得精緻也是一種生存之道。大而無當反而是一種拖累。還把洛夫的一首詩的最後三行引出來，證實小也可以安之若素。那三行詩是這樣的：

即使把我縮成雨點那麼小
小
也是我的小

由此我便認為誰能真正欣賞自己的小，誰就會快樂。像洛夫不把小當作一回事，就快快樂樂移民加拿大。另外在一篇文章中，我也極力推銷小的好處，我說天下一切可愛的東西都是小的，譬如小孩，小鳥，小花，小詩，還有小老婆，無一不是因小而得寵。這些篇為小辯護的文章出現後，好像也沒什麼人反對，當然也沒人特別贊成。這年頭沒大沒小已成時尚，誰會管我的「護小」謬論。倒是我自己覺得愈來愈不對勁，怎麼可以一股勁兒的護小，難道就沒嚐過做小的壞處，或吃過小的虧？仔細一想，活了這麼一大把年紀，那能沒有因小失大的醜事，也那能沒吃過以大壓小，以大吃小的苦頭，祇是因為自己死沒出息，都把它當成小事一樁吞下去了。

就以官場為例吧：小官就最難為。在我們官場當小官的唯一差事就是替他的頂頭上司揩屁股。揩得上司舒服的就會成為上司的親信，兩人如膠似漆，從此以後你做事他放心，愈是狗屁倒灶愈得到信任。但是萬一揩屁股揩出了紕漏，上司拍屁股走人也比風還快。這時膠也沒漆也沒了，小官會變成一堆臭狗屎惟恐惹上他的身。我曾經在一個單位看到我的三個小官同事，同時因揩長官屁股不慎入獄，而長官仍舊一帆風順。我這唯一清白的人，是因我沒有替人揩屁股的專長，即使被罵成像女人極膽小，我也甘願作膽小女人。當然從此以後我也混不出名堂，一輩子小官退職，不過卻小得心安。

官小的另一倒霉地方，便是常常有很多事情長官那裡都點頭答應了，一到辦事的小官手上就困難重重。於是「閻王好辦，小鬼難纏」的惡名便落到小官頭上。其實長官做好人是中國官場的一種滑頭手段，即使違法的事也會點頭答應，反正知道有下面的小官去把關，萬一出了事也由小官去扛。小官又要顧及法令又要顧到飯碗，當然得處處謹慎行事。做小官的左右為難，其實都是以大欺小，有理無理都不敢據理力爭的後果。

再有一小就是「小人」。小人可說人人都痛恨，也都人人害怕。小人的行徑通常出沒無常，祇要被他一纏上，便會如影隨形，防不勝防。要知道小人是否會纏上自己，通常得靠命理先生的指點。祇要他一推算誰在犯小人，幾乎百分之百的準得很小人就在誰身旁。我這個已無任何條件與人爭的老朽過去一年多來，也動輒得咎，被人莫名其妙罵來罵去。據說連電腦網路上也被指名道姓，直到幾個月後才被人告知，已經有人為我撇清。後來一位略通命理的朋友對我說，他曾替我算命，說我在那段時間犯小人，一定要少講話，少交往，避免被小人纏上。我說我從來就戰戰兢兢，謹言慎行，人家還是找我麻煩，這是什麼原故？這位朋友說，小人的行事風格就這樣，讓你知道才打你，那還算什麼小人？

過去我總認為天下的一切小的東西都是可愛的，這個說法現在也要好好的修正。而今我發現並不是一切小的東西都可愛，除非你是傻瓜，或是阿莫靈，有些小東西實在還很可恨，而且還奈何它不得。譬如房間內不小心漏網進來一隻蚊子，那東西可小吧！可是追捕起來比捉大盜陳進興還難，常常鬧得人通宵達旦不能成眠，聞聲而猛擊之，擊到的往往是自己皮肉上的五個手指印，而不是那望風而逃的小搗蛋。蚊子雖小，但是攻擊人時還會有聲有息，不時還看得到它的飛翔姿勢，比較正大光明。比蚊子還小多倍的跳蚤，吸人血時可鬼詭神秘多了，一直要到牠酒醉飯飽，潛逃遠去之後，等你皮癢肉腫時，才知道已被牠光顧，這時即使你恨得咬牙切齒，也已緝凶無門，徒呼負負。這是在仗「小」欺人呀！你能說不可恨嗎？

輯二·人情篇

侵略戰爭尾隨到了學校，我祇能穿著隨身衣服往大後方逃亡，帶不動的籐箱托給學校設法帶回家裡。從此我一走千里萬里，再也回不到母親的懷裡。

一隻籐箱

那一隻籐箱早就在我記憶中淹沒了。在台灣生活這麼幾十年的日子裡，壓根兒從來就沒再想到過，我曾經還有過一隻籐箱。

我把自己出版的幾本書一次寄給了我那在隔海老家的一個侄女，她在那裡鄉下的一家中心小學當老師。由於我弟弟曾經被打成黑五類份子，沒唸過幾天書，所以兩岸交流後，我和老家的連絡便全由我這個侄女代筆。在看過我書中寫兒時回憶的幾件事情之後，她來信告訴我，她在兒時聽到的有關我的記憶還新，也要說幾件給我聽。

她說其實自我少小離家一去不回之後，家裡早就以為世上沒有我這個人了。可是她的奶奶，也就是我的母親幾乎每逢算八字的來，總是還要為我算一算命。而八字先生也總是說：「妳的兒子命大，壽高，人還在，等幾年就會回來。」母親就懷著這份希望，隨時都在等著我的出現。有關我的一切東西，母親都替我好好的收存著，誰也不許碰。

「伯伯，您知道麼？我在七歲時還因去亂開您的籐箱，被奶奶狠狠抽打過一次呢！」接著她描述那個籐箱其實已經很舊很舊了，箱面的籐條已經發黑，反扣和上鎖的地方鏽蝕得非常嚴重，連箱面上「董仲元記」幾個字都要照著光才看得清。可是「奶奶總隔不久要搬出來擦擦灰，對著籐箱出半天神。」

「伯伯，您那隻籐箱裡到底裝過什麼寶貝呢？奶奶一直沒有等到您回來，可是她老人家對您還存在這個人世間的信心，卻惹來一場大災難，不久就被人家檢舉有私通台灣的嫌疑，把爺爺奶奶揪去公審拷問，爺爺是被打得內臟出血而死的，奶奶也癱在床上一年多才含恨而終。早幾年我還問我爸爸那隻箱子的事，爸爸祇說是您讀書時用過的。再要問，爸爸的聲音便哽咽了。從此我不忍再提，其實內心裡很想知道其間的故事。」

讀完侄女的這封信，那隻籐箱的印象突然像從天外飛來的一塊巨石一樣，從我塵封的記憶中砸了出來，痛得我老淚縱橫。

記得那還是少年時代我遠避戰亂到外縣市讀書隨帶的一隻籐箱。每當我沒法隨在母親身邊，母親總是把無盡的關愛都親手預藏在這隻輕便的手提箱裡，讓我隨時享用。也不過是些母親親手縫製的衣褲鞋襪、丹方陳藥、信紙信封、一些零錢而已。每件東西上都能感到母愛的溫馨。

後來侵略戰爭尾隨到了學校，我祇能穿著隨身衣服往大後方逃亡，帶不動的籐箱托給學校設法帶回家裡。從此我一走千里萬里，再也回不到母親的懷裡。

現在才知道，我的人沒有回去，回到家裡的籐箱此後竟成了母親日夜思念我的傷心物；母親愛我知我尚存的信心最後竟成了招災惹禍的導火線。母愛天高地厚，我對母親的虧欠任何再高的載重數字，也難以比擬的呵！

——寫於母親節

花的驚豔

我家的頂樓上，擺有很多花盆，那些花盆都是我的另一半附庸風雅蒔花養草沒有成功所留下來的。盆子裡那些下過的肥料，名花異草沒有福份享受，或者胃口不對，寧死不食周黍，倒反而肥了不知那兒聞風而來的許多野草，都滿盆霸氣十足的長得又肥又壯，生氣盎然。我每天早上捨卻附近的山林不去，就在這一片蔥鬱的生氣中散步健身，倒也沾了一身的青春氣息。妻是一個自然主義者，每天一大早必定爬到山裡去回歸自然幾小時，我常笑她捨近求遠，手邊的野草開花不也是一樣的一片自然。

有一天的晨運之餘，我發現一個花盆中，在一叢叢擠著出頭的野草裡，冒出了一株葉片上毛絨絨的植物，樣子很醜陋，可以說沒有那一隻手敢大膽的去觸碰它，但是它卻長得很碩壯，顯然有出類拔萃之勢，很讓我注意。因為又不是栽種的，不過是一株比較怪異的野草罷了，也就沒有再去管它。那本是一片小小的自由樂土，榮枯是它們自己的事。過了幾天，我無意間再去留神，卻看到這株奇怪的植物，居然中間結了一個苞，由細細高高的一根莖撐著直往上冒，很少野草會是那樣伸出頭來結一個苞給人看的，看樣子它要給人一個更大的驚奇了。

這下我真的心動了。第二天一早就按捺不住那份好奇，連伸手抬腿的運動都沒有做，便直奔那個小小的花苞而去，我想看它到底會耍出什麼把戲。果然花開出來了，好像還是剛剛舒展出來的那個嬌態。那真是一個奇蹟，美的奇蹟，那花淡紫色的，小小的幾瓣微合著，中間有幾絲黃點的花蕊，像一隻巧奪天工的玉杯，那麼秀氣，那麼楚楚動人，真是令我看呆了。平生從來沒有驚豔過，這朵無名的小花使我有了一次經驗。

看到這樣一個自然界小小的奧秘，一株看來令人心裡發麻的醜陋植物，會開出一朵絕美的花來，不由得使我讚嘆造物者對這世界萬物安排的巧心，真像一個有功力的藝術家，把本來不美的畫面，隨便點畫幾筆，便可著手回春，美不勝收。更像一個得心應手的詩人，把本已寫壞了的詩，在某個地方添加了那麼一兩個字，便產生了前後呼應的效果，開闊的境界頓時全部展出。

突然間我對這株野草已經不再那麼討厭了，開始欣賞它以這樣創意的姿態來展現它全部的生命。好像是在對我說，你不要看我外表醜陋呵！雖然我是野生，我很無名，我的生命注定短暫，可我是在全心全意經營創造出一種至美，讓你產生驚喜。哪怕祇有你一個人注意到我，我也心滿意足了。

我哪會獨享這種驚喜呢？大驚小怪的奔下樓去，把尚在貪睡的兒女都叫上來，來分享這份野趣。

創作的快樂

妻的那架老舊縫衣機又在軋軋作響了。我知道，我們家的一個成員又會有新衣服穿。

妻自從嫁到我們家來以後，便放棄從前那種做大小姐的身段開始學做各種家事。家事中，她做得最有興趣的便是縫紉。於是一架縫衣機便隨著她的需要搬到了家中。

那時節一般家庭都很窮，每樣東西都得精打細算才能添置。妻的喜歡縫縫補補，加上那架縫衣機，便使我們全家穿的問題，在那艱困的年頭，輕易的得到解決。我的三個小兒女在學齡前的一身穿著，都是妻的傑作。他們體體面面出門時，都必定得到鄰居們的讚羨，以為我們家捨得在孩子們身上花錢，其實那都是妻巧手慧心親自縫製的，祇花了很少的布料錢。

隨著兒女們一天天的長大，經濟也變得寬裕，再加上外銷成衣店和外國名牌服飾街頭隨處可見，我們家的那架連零件都難得找到的縫衣機，照說也可以退休了，妻也可以不再為買布料、設計樣式，再埋頭踩縫衣機而辛苦了。可是總隔不多久，我們家那架老舊縫衣機仍會軋軋響那麼幾天，然後一套新衣不是穿在妻自己身上，便是郵寄到了紐約女兒那裡。現在妻正在忙霍著的這件衣服是為妻的老媽媽做的。妻說媽媽的七十五歲生日快到了，她為老人家設計一件舒適的大氅。

為了妻在這普遍都感到衣滿為患的今天，猶孜孜不倦的自己縫製衣服，我和兒女們不免埋怨她多事，有福不會享。要穿新衣服，街上各種花色，式樣、尺碼一應俱全，可以盡情挑選，何必自找麻煩。她可振振有詞的反問我一句：你的書架上滿滿的都詩集詩刊，各種各樣的詩讓你看都看不完，那你為什麼還是一直在寫詩呢？

我回答說，我寫詩是要寫出我自己的風格，和別人不一樣的詩呀！

妻笑著說：我也是要做出和別人不一樣，有我自己風格的衣服呀！

我才恍然大悟，妻的喜歡做衣服其實和我的喜歡寫詩都是一樣的在享受創作的快樂，創作出來的東西就要和別人不一樣。

提姆撒野之夜

一個叫做「提姆」的混小子在台灣全島瘋狂撒野了一夜之後，揚長西去。留下了滿目瘡痍，難以收拾的破壞場景，和滿腦子永遠也難以抹去的恐怖記憶。我沒有看過但丁在神曲裡描寫的地獄如何恐怖，也沒有看到過預言家所描寫的世界末日會是怎樣一種可怕的情形，不過我度過提姆過境那夜的難熬幾小時之後，我覺得所謂的地獄，假設會有的世界末日也就應該不過如此。無非是要將我們的神經撕裂，無非是要將我們的焦慮提升到緊繃，乃至崩潰。無非是要將我們所擁有的一切摧毀，讓我們痛不欲生。那是一種大自然的即興逞欲之舉，渺小的人類乃至一切生物都對之莫可奈何，只有俯首聽任摧殘蹂躪的份。截至目前為止，人類再萬能也沒有能力去制服它，改造它，甚至利用它為人類製造福祉。

颱風夜全家人像等待被宰割的豬羊樣，都坐在客廳裡聽候外面狂風驟雨的擺佈，每一秒鐘都不知下一秒會面臨什麼樣的命運，外面卻不時傳來鬼哭神號，咆哮怒吼，折技揭頂，牆倒屋塌的毀滅聲。小女兒突然像發現什麼危機似的喊我：

「爸，你看落地門的玻璃。」

落地門面對走道外面的天地，勁風一壓，偌大的一塊玻璃便向室內鼓了起來；勁風一收，大玻璃便又向外凹了過去，一壓一收之間，厚厚的玻璃便像一張薄紙樣的鼓脹收縮，每次都緊繃到了臨界點，隨時有爆破的可能。看得人確實心驚膽跳，只要風神稍一使力，我這個家便會毀於一旦。

「沒有關係，吹不破的，玻璃有彈性。」我是一家之主，不能不穩住孩子們，雖然心裡明白禍福只是彈指間的事，但也得裝作鎮靜。「往年的颱風來襲也是如此，只不過你們都天不管地不管的睡覺去了，只有爸爸一個人在擔心。今晚的風確實比以往強些，不過我想一定可以撐過去。」

孩子們似乎稍微放輕鬆了些，不過外面的風聲一點也不放鬆，反而一陣強過一陣。那塊大玻璃鼓脹收縮得更厲害，而且有些晃動起來，我自己都險些沒了主意。妻這時不知那來靈感，她說櫃子裡有卷寬膠帶，用膠帶把玻璃橫直對角貼它幾層，也許能增加玻璃幾分抗力。至少萬一吹破，玻璃屑不會亂飛傷人。

妻的話一說完，兒子像找到救星一樣的去找膠帶，姊弟兩人三兩下就把整大塊玻璃密密貼上幾層，還把大沙發拖過去用靠背隔上椅墊擋住玻璃，他們認為這樣會更安全些。我看他們難得如此齊心合力的應變危機，可見他們已長大了，心想：「失去理性的大自然呀！你確是高高在上，威力無比。不過被限制在大地之上，穹蒼之下的人類，也不會就此束手無策的，一時制服不了你，防你還是會有辦法的呀！」

提姆撒野之夜有驚無險，唯一的心得是凡事都得防患於未然，一句老話，確實做好防颱準備。

月餅的故事

中秋節還沒有到，便有同學託人送我一盒月餅。同學的名字是誰，送的人堅不透露，祇說我的學生。事實上，我並沒有在學校教書，祇是偶爾在外面打打「藝術零工」，講講詩，當當評審，便這樣輕易的浪得了個老師的虛名。這盒早來的月餅真是溫暖得令人心痛。

我已經有很多年不曾吃月餅了。除了現在做的月餅越來越不像樣，又貴得離譜外，主要的是一看到月餅，我便有滿肚子一直憋著沒有講出來有關月餅的往事。

很久很久以前那一年的中秋節前，父親的糕餅工廠裡忙著趕製各式各樣的月餅，準備迎接節日市場的需要。那時的局勢並不好，祇不過日本兵被擋住在幾百里外的新牆河沒有再繼續蠢動。城裡的老百姓一樣忙著過日子，市面上也一樣繁榮。父親還是按往年樣連自己也上作坊陪著師傅做月餅。父親作的糕餅在古城一向風評很好，滿坑滿谷的月餅都將在節日來臨時搶購一空。

然而青天也會霹靂，從前方傳來一則消息，說是日本兵的暫時按兵不動，祇是再次發動攻勢前的整補，他們準備在秋節前一舉攻占古城。有過一次焚城慘痛經驗的古城老百姓，抵死不相信那是謠言，便紛紛開始慌張的往鄉下走避。父親也沒有被那剛做好的滿坑滿谷月餅所困惑，他當機立斷的把所有的月餅裝箱，僱船往鄉下老家運，他說不管怎麼樣也不能留給日本人。

裝滿了月餅和其他糕餅原料的小火輪，連夜開到了鄉下離老家不遠的河岸口，啟岸的碼頭是在陡峭的斜坡下，卸下來的貨物必須由挑夫一肩肩挑上去運回家。斜坡的沙石路又陡又滑，挑夫的腳力很難落實，一個年紀大的挑夫眼看著祇差幾步就快要走到平路上來了，誰知突然腳底一滑，整挑月餅就滾落下去，眼看著木箱破裂，月餅散失滿斜坡；眼看著另一隻木箱掉落下去，擊倒堆積在碼頭上的大堆木箱，紛紛掉入河中，滿河的滾滾流水中，漂浮著父親趕工製出來的新鮮月餅。

原在指揮照顧卸貨的父親從來也不曾預料在他幾十年的作糕餅生涯中，會有如此的離奇的事情發生，他祇有無助的站在那裡看著滿河漂流的月餅發呆。當時在我小小的心靈中一向偉大的父親從來沒有看來那麼可憐過。

那個中秋父親的損失不輕，我原以為他從此以後會放棄這個辛苦的行業。又是好幾年後，我趁抗戰勝利分發任事路過古城的方便，再見到父親，發現他仍然和人合夥在開一家糕餅作坊，祇是父親已不管生產，祇管帳務。記得也是中秋的時候，作坊裡正忙得不可開交，一天父親出外收帳，我獨自在父親帳房看書，緊鄰隔壁工作坊的熱鬧聲不時傳入耳鼓。突然我聽到和父親合夥的一位大叔聲音非常刺耳，原來他們在談論我和我的父親，祇聽到他大聲的對別人說：「這個伢子吃糧去了，哪還有什麼出息！」吃糧就是當兵，他把當兵的人小窺了。正盛氣凌人的我豈肯這樣無辜的被人低估看偏，當下憤怒得火冒三丈，也沒有等父親回來向他告別，即搭車向遠在北方的部隊報到去。從此這一生就再也沒看到父親。但是那個中秋，那位大叔的話卻一直刺激著我，做人一定要自己爭氣，做個有出息的人，絕對不能被別人看扁看輕。

鍋巴的回味

上星期六中午，社區突然停了電。這時家家都正在弄中飯，電一停，電鍋就不起作用。我家幾個剛從學校回來的少年仔，一聽吃飯會耽誤，一個個都逮住機會想敲我這個老爸的竹槓，到外面去吃館子。

誰知妻突然從廚房冒出頭來說：「吃什麼館子？到時準有你們的飯吃。」孩子們一聽媽媽下了令，不敢不從。祇是心裡面都在犯嘀咕。大概又要下麵吃了。他們都怕吃麵，認為麵不飽肚子，而且吃麵沒有吃飯那麼多菜式，他們都是標準的菜蟲嘛。

到了吃飯的時候，祇聽妻一聲令下，要大家擺桌子準備開飯。孩子們都意興闌珊的湧進廚房，結果他們不但端出來一盤盤的菜，還端出一鍋飯。祇是這個鍋不是電鍋，而是鋁鍋。原來妻拿出了當年燒煤球煮飯的手藝，用瓦斯煮了一鍋飯。打開鍋蓋，一股香氣撲鼻而來。

妻用鍋鏟把鍋裡的飯翻了過來，燒得微黃的鍋巴飯便翻到了上面，孩子們一見笑顏逐開，一個個爭著要吃鍋巴飯。他們都說，這樣燒出來的飯，要比電鍋煮的好吃，希望以後多多停電，可以常常吃媽媽燒的鍋巴飯了。

看到孩子們連吃頓鍋巴飯都這麼稀罕，不禁想到我們過去那個吃苦的年代，真是越來越遠了。以前很多稀鬆平常的事，到了他們年輕人眼裡，都少見多怪起來。將來恐怕他們沒有電鍋，就煮不出飯來吧。

想起我們當小孩子的時候，大概除了城裡面的人，用甑子蒸飯吃以外，鄉下那一家人吃的，不都是這樣不去米湯的悶鍋飯？每頓飯都有鍋巴，每頓飯都聞得到飯香。而鍋巴多半都不吃，拿去丟在豬食鍋裡煮爛去餵豬，或者就在飯鍋裡用水泡開當狗食。祇有在芋頭煮飯，或紅薯煮飯的時候，才留下飯鍋巴煮芋頭稀飯或紅薯稀飯吃。

不過記憶中，我流浪在外時，也有過一段連鍋巴都吃不到的難忘日子。抗戰勝利的前一年，我由流亡學生變成了中央防空學校的學兵。那時正是抗戰最艱苦的階段，我們在貴陽南廠兵營受訓，有時領不到足夠的食米，就用自己種的包心菜邊皮葉子（菜心要賣掉換食油）

煮稀飯吃，照樣得出操上課做工。有米吃的時候也是採配給制，每人分一大碗。那一碗現在拿來得吃上三天，而當時的副食差，油水不夠，年輕人火力旺，即使吃下那一大碗也還是覺得餓。

沒有辦法中，我們就常常想到廚房去打鍋巴的主意。可是鍋巴卻是伙夫的福利，他可以拿出去賣錢，誰也別想動他的腦筋。然而辦法是人想出來的，我們有人便出點子。到了晚自修的時候，有人說上一聲：「降旗去！」這個暗號，便會有一票人溜出了教室，打道去廚房。

為什麼用「降旗」作暗號呢？原來廚房的伙伕，在鍋巴幾次被偷以後，覺得放在櫃子裡太不安全，就用一隻籃子裝著鍋巴，用一根繩子高高的吊在屋樑上。他想這樣我們會發現不了，偷起來也麻煩，誰知即使這樣，仍然逃不出我們的妙手。伙伕不服，後來就去報告隊職官。終於有一天的晚自修時逮個正著，兩個偷鍋巴的同學，各挨了十大板子，加一晚的衛兵。從此同學們嘴再饞，也祇能望著鍋巴興嘆了。這兩個偷鍋巴的同學，現在都已經五十多歲的人了。一個已經在海上殉難，一個正在榮民醫院忍受癌症的痛苦。我們有時去看他，聊到過去這一段偷鍋巴吃的趣事時，還忍俊不住呢。

摔禾與撿禾線子

每年陰曆六月，是故鄉——湖南長沙東鄉一年中最忙碌的時刻，這時稻子已經成熟，田野一片金黃，農家正忙著收割稻穀。收割稻穀在我們那兒叫做「摔禾」。摔即打的意思因為在我們那鄉下沒有現行台灣普遍使用的腳踏採穀機，更沒有最近幾年流行的自動收割機。稻子割下來以後必須自己拿著那一大捆沉重的稻桿往禾桶裡去摔打，直至打得稻桿上顆粒不剩。而且割和打全是一個人包辦，割好就拿著打，打完就摔在一邊再割再打。不像台灣割的人專割，踏採穀機的專門採穀。因之在我們那兒收割稻穀的人一個個必須是彪形大漢，孔武有力。否則在那麼大的太陽下忙活一整天怎麼吃得消。但光有體力也不行，必須還講究一些經驗和技術。手裡握的那一大捆帶穗的稻稈要舉得高，下得重，打下去以後還得順手抖動兩下，翻一個角度再打。打七八下以後就得把上面的穀粒打光。通常他們是兩個人一組，兩個人在割時，另外兩個就已經在打。兩個人你一下我一下的打下去，非常有節奏。有時因各人打下去的輕重不同，會構成一種特殊的調子。老一輩的人一聽就知道這是誰和誰在一起工作。當然更判別得出誰的成效最好。我們稱這些收割稻穀的人叫做「摔禾的」。除了家裡年輕力壯的成人和長工是當然的「摔禾的」以外，另外就雇些從外鄉來的流動摔禾工人。這些人是靠收割季過活，工作快，效率高，但也能吃能喝，所以在這時間的農家得為他們準備五頓飯，菜餚也要比平時豐富些。他們通常是天還麻麻亮就吃飯出去工作，到八點多把頭一批打好的稻穀挑到曬穀場後回來再吃一頓。吃完又幹，到十一點多送完第二批稻穀再回來吃中飯。飯後他們會小睡片刻再工作，三點鐘他們要吃一頓點心，然後到五點多鐘把曬好的穀子挑進穀倉以後，才吃一頓最豐富的晚飯。

稻子收割時期另外一種最忙碌的人就是撿禾線子的。撿禾線子套句時髦話來解釋就是拾穗。也就是到收割過的田地裡去撿拾那些遺落下來的稻穗。他們這些人也是和割稻的人一樣必須黎明即起，提一個大布口袋到田邊去等著。這些人都很懂規矩，除非整塊稻田已經割光打完，禾桶已經搬至另一塊田裡，他們絕不下田，怕人懷疑他們採摘那些尚未割的稻子。撿禾線子一定要眼明手快，否則別人會搶先撿走。一天下來，如果運氣好，手腳快，每個人也可撿到上十斤的稻穗，整個收割季下來，全家人的總成績也很可觀。當然那些稻穀也並不全是撿來的，有一部份還是好心人家的餽贈，因為出來撿禾線子的人多半都是附近窮苦人家的婦女和小孩，大家平日就是很熟的鄰居，把打好的稻穀捧上幾大捧放到他們的布袋裡，這是常有的事。

我家隔壁曾一嫂家沒有田產，只靠曾一哥在城裡幫人燒飯賺點錢養家活口，生活當然不太寬裕。因此每到這個時候，他們家母女必定走出門去撿禾線子。每年我們在後山大曬穀場上曬穀子，她們就在門前的小廣場上也曬她們撿來的稻穀，範圍雖然很小，但是卻教人看來好生敬佩。尤其她們的兩個女孩子最能幹，平日打柴挑水已經不輸於男孩子，現在撿起禾線子來更是毫不含糊，每天只看到她們一大袋一大袋的往家裡運，誰知道她們要跑多少路，流多少汗才有那種成績。有一年暑假，我也想去嘗嘗撿禾線子的趣味，一早就跟著她們出去跑，可是不到半天便被曬得頭昏腦脹的跑了回家，口袋裡撿的稻穗連餵一隻鴨子也不夠。這才知道即使是有東西讓你去撿，也不那麼簡單就能到手。

太太的一雙手

有一年八月三日，我在中央日報的《晨鐘》副刊，發表了一首小詩，題名〈妻的手〉。這祇是一首普普通通的詩，平淡得有如白話，沒有什麼高深的用詞遣句。但卻引起了不少的回響。詩是這樣寫的：

一直忙碌如琴弦的
妻的一雙手
偶一握住
粗澀的，竟是一把
欲斷的枯枝

是什麼時候
那些凝若寒玉的柔嫩
被攫走了的呢？
是什麼人
會那麼貪饞地
吮吸空那些紅潤的血肉

我看看
健壯的我自己
還有與我一樣高的孩子們
這一群

她心愛的
罪魁禍首

這首詩發表的當天早上，首先是一位寫詩的朋友打來了抱怨的電話。他說我這首〈妻的手〉讓他挨了罵。我滿頭霧水的問他，我寫詩，他挨什麼罵。他說：

「你這首詩被我太太看到了，我太太說我寫了這麼三十年，從來沒有看到像你這樣為她寫過一首詩，說我壓根就不關心她，你看冤不冤枉？」

我祇好向他賠罪，同時也自覺冤枉。然後第二天上班等交通車的時候，一位平常表情極為嚴肅的長官，主動和我講了幾句真心話。他說他是從來不讀新詩的，因為他看不懂。但是昨天晚上，他太太介紹他看我這首詩，使他深受感動。他覺得自己愧對自己的太太，決定從今以後發動他的三個兒女，大家分擔家務事。

最令我啼笑皆非的是我的一個軍校的同學，他可是從來不看「報屁股」的。這天突然從岡山打來了長途電話。好久都沒有他的消息，我道是什麼大事。誰知他一開口就劈頭給我一頓好罵，說我把自己的太太折磨得手粗皮打皺，還好意思在報上寫詩，丟人現眼。我連忙說就是因為她太辛苦，自己覺得過意不去，才寫詩表達心意的。他可又說了，這種光說不練的秀才人情，有什麼用？拿出行動來，讓她少操勞比什麼都誠心。我祇好連連稱是。我這位同學比我大好幾歲，我們視他如兄長，又是我和妻認識的介紹人，他的話我那敢不從。祇是我反問他，這回怎麼看報還看「報屁股」？他說是他太太指給他看的。我就問他嫂子在忙什麼，他說她是勞碌命，這會兒還在園子裡趕工。

寫詩寫文章得到反應已經是習以為常了。我把這首詩所得的回響寫出來，絕不是在自吹我這首詩怎麼好。我祇是想表明一個事實，就是我們每一個結了婚的男人背後，都有一雙能幹的手。但是我們都往往忽視了這雙手的貢獻，更遑論給這雙手的擁有者讚美和安慰。而我一寫出來，就讓大家譁然了。

確實，家裡太太的一雙手是萬能且具有魔法的一雙手。誰都有個婚前打光桿的時候，而十個光桿就有九個窮，不寅吃卯糧已算萬幸。但是祇要一結婚，仍然拿同樣那麼多錢，你卻日子過得舒舒服服不說，過不了多久還有餘錢添這買那，甚至置產買房子。你真想不透，這些錢從那裡來。實際上是你太太一手變來的魔術，是她那一雙手安排了你的吃喝，使你不必到外面去吃既貴又不潔的食物。是她那一雙手為你搓搓洗洗，縫縫補補，節省下了你老要添新裝，送洗衣店的費用。是她的一雙手為你安頓一個舒適的窩，使你不必像個遊神樣跑電影院，泡咖啡館。然後是她把這一點一滴節省下來的錢，或存或打會，使你由一貧如洗變成有產有業。

現在的年輕夫婦每每羨慕一些年長的同事或長官一個個都有兒女侍奉，享受著晚年的清福。他們不知道這些年長者的太太，都曾捐出一雙嬌嫩的手，換來今天這點輕微的報酬。在從前那種艱苦的日子裡，沒有幾個太太不是除了繁忙的家事外，還得找點副業來賺錢貼補家用的。她們養來亨雞，織毛線衣，裝洋傘骨，做電子零件。就像從岡山打電話來罵我的那位老同學，他那六口之家的生活費和兒女的教育費，至少有一半是靠他太太在家事之餘編織髮網所換來的代價。那時我們手工編織的髮網外銷很吃香。一個眷區太太織一打髮網才得工錢一塊五毛錢。因此如果而今你看到他們被兒女們簇擁著，坐著嶄新的轎車進進出出，那大半都是他們的太太那雙能幹的手，當年辛苦所掙來的幸福。

人家常說家花沒有野花香，但是就我而言，即使野花真美，我也寧可守住家裡這朵泛黃的家花。因為野花祇有一張漂亮的臉蛋，而沒有一雙任勞任怨的手。漂亮的臉蛋祇會惹來麻煩，而任勞任怨的手會為我創造幸福。我的三個孩子是這雙手拉拔大的。我的健康的身體是這雙手維護的。我的這個舒適的家是這雙手經營的。甚至我的事業也是由於有雙手在後面協助，使我無後顧之憂而穩定成長的。這雙會畫中國仕女臉譜的手，會車繡會縫紉的手，會做各種麵食的手，過去一直是我的倚杖，我的後盾。現在即使乾澀枯瘦，即使滿手斑痕，也美麗得有如傲霜的花枝，在我生命的寒冬，仍是我相依為命的支柱。

我要呼籲我們每個結婚的男人都來讚美他們太太的一雙萬能的手，感激那雙手從嬌嫩到粗澀所帶來的一切。

另一種美容化裝

看到這個題目，朋友們以為我又假充起美容專家來了，或者以為我這個窮極無聊的耍筆桿的人，大概沒有什麼東西可寫了，而找上這個目前最吃香的行業——美容來做文章。朋友們！你的猜想或許可能正確，我確實是想暫時權充一下美容化裝專家。我也覺得寫來寫去一般的題材都寫得差不多了，真的是想寫點關於美的東西來換換口味。

美，是人人都愛的，剛說話的孩子都懂得要「漂，漂」，快走完人生之旅的老太太也曉得出門時要在頭上插上一朵紅花，人類在世界上的一切作為，其最終目的無不都是要使這個世界更美，美得像人間天堂。所以，我們今天在這麼富足的生活條件下，來談化裝，來談美容，並不是一件太奢侈的事，反倒足以顯示出我們這塊土地正朝美輪美奐的遠景邁進。不過我這裡要談的美容和化裝，談的不是胭脂花粉、口紅眼線，或有氧舞蹈，而是另一種為我們大家所忽視的美容化裝法，如果我們能夠注意及此，將使我們出落得更標緻、更端莊。

使我要呼籲大家注重這另一種美容化裝法的動機，是由於幾次看電視的啟示。我很少看電視，除了新聞性的節目，有時看一些益智性的電視節目；最近飯後一個社教性的節目吸引了我的注意，主持人很活躍的週旋在幾組待問的來賓之間，他們有的是兄妹，有的是朋友，還有是母女，他們都穿戴得很好，臉上也都容光煥發，女士們多半都經過刻意的化粧。他們有的來自中南部，有的就住在北市的近鄰，十足代表一個富足社會的各個階層。然而使人非常吃驚的是他們的知識都非常貧乏，一些想當然耳的問題，都會被問倒。在問到幾個有關本國的歷史地理的問題時，他們居然不知道居庸關是在我國的那一省；他們答不出戰國七雄是那七位人物。他們回答歌星明星的家世來歷，出過些什麼唱片，唱過那些歌，上過那次排行榜時，如數家珍，對答如流，但是問到我國隋唐時代即有的工尺譜時，卻都聞所未聞。他們不知道最近風雲緊急的加勒比海是在地球上的那一個地方，鄰近那一大片水域。我看到他們或她們在答不出問題時，臉上所表現的窘態；他們在被問時，心中所顯現的不安，都不是他們或她們臉上的化裝，或保持得美好的身段所能掩飾得住。因此我認為他們除了在外在的美容化粧外，更需要的是內在的修飾和打扮，這樣內外並舉的雙重美化，他們才真正顯得美，美得實實在在。

我有兩個讀高中的女兒，她們雖都在求學年齡，卻都已開始注意打扮。為了怕發胖，她們拒吃任何澱粉食物。每天還花很多時間去跳繩、玩呼拉圈和做健美操。有一天我問她們一個問題。我說：

「妳們懂得什麼叫做繡花枕頭嗎？」

她們那裡見過那種老古董，都沒說一句話。我說：「我們從前的枕頭都是四四方方長長的像一根方木頭。枕頭套上都繡滿了漂亮的花，但是枕頭裡面塞的卻是稻草或谷殼。從前的人就常把虛有其表的人比喻成這種繡花枕頭。我希望你們不要成了肚子裡一包草的繡花枕頭，充實內涵比修飾外表更重要。」

孩子們一聽我是在藉題糾正她們過於注重外表的偏差，都不禁赧然。

然而談了半天，究竟是怎麼樣的另外一種美容化裝法呢？說開來，這又是老生常談。不外是多讀書、多吸收新知，多參加有意義的藝文活動。打個現在最流行的商用語的比方，美容化裝祇能使你有好看的外包裝，而多讀書，多吸收新知才能使你具良好的內容和品質，包裝既好，內涵既佳，才會受到顧客的讚賞。有位先賢說他「三日不讀書，便覺面目可憎」，可見讀書確實具有美容的功效，不然他不會有這種感覺。多讀書，知識豐富，就像在你體內添加了潤滑劑，使你舉止優美，態度從容；使你有足夠的機智去化解所面臨的困境，使你有吸引人的幽默感去獲得對方的歡心。所謂「讀書能變化氣質」就是這個道理。而好的氣質就是內在美的外現，祇有豐富的內在美才能去除你的俗氣平庸。你的外在的美容化裝，必須要有豐富的內在美的配合，才能使你真正青春永駐，儀態萬千。試想我們怎麼能不去重視這種能使我們真正至美的另一種美容化裝法呢？

護根的人

內子的舅父，年齡與我不相上下，都是五十出頭的人。他讀書不多，幹的始終是勞力的行業。但人極為豪爽可親，尤其重義氣，講信用，說一不二。什麼事情祇要有求於他，他可以把心掏出來幫助人，即使萬一辦不到，他也竭盡全力的讓人心悅誠服。所以人人都很樂意與他結交，但人們總是背著叫他老古董，因為他交友的規矩很多，思想古板，他以誠待人，換來的絕對不能是欺騙，要是被他發現，準保罵得狗血淋頭，永遠不准再進他家的門，是一個典型的血性漢子。

我在臺舉目無親，所以內子的親戚也就成了我的親戚。我們走得很勤，他開的那家小飯館，我經常是座上客。他很喜歡熱鬧，我家的孩子，還有內子弟妹的孩子也都喜歡到他家去；因為他除了愛熱鬧外，還想方設計的鼓勵孩子，那一個孩子有一丁點兒傑出表現，功課考在前幾名，操行成績得了甲等，他都會看成大事，獎賞點東西給孩子們打氣。但是孩子們到他家裡去也並不那麼輕鬆，一切行動都要遵守祖宗傳下來的老規矩。進門一定要鞠躬問安；臨去一定要鞠躬告別。一定要為長輩服務，吃飯不可出聲，坐姿一定要端正，接受長輩的東西，一定要雙手去接，還得不忘說謝謝。逢到年節喜慶，他家的規矩更多，敬天拜祖是必然的隆重大事，小輩對長輩拜年拜壽一定要磕頭行禮，我們甥舅雖然年齡相當，平時不分彼此，但到了這種節骨眼上，也得照規矩行事。他說得好，上行下效，大人不作榜樣，光要求小孩，孩子怎麼會心服。

由於他這樣一板一眼，對年輕一輩而言，總是感覺他太迂腐些，現在是什麼時代了，還死守著這些繁文縟節不放，未免太守舊。這些話不知怎麼傳到了他的耳中，有一次他藉著大家聚在一起的機會委婉的來了一次解釋性的訓示。他說：

「孩子們！你們在背後說我守舊，朋友們也偷偷的把我形容是老古董。我不知道舊在那裡，我怎麼會是古董。我們人的血親關係從前是怎麼樣，現在還是怎麼樣，一點都沒有變。維繫人的三綱五常又不是今天才講究，也不能說現在時代進步了就應該不講究。凡事起了變化才有新舊之分，古今之辨，現在本質既然未變，又有什麼新舊古今可言。你不能說現在是電腦時代，就可不敬祖宗、不孝順父母，究竟電腦還不能傳宗接代啊！就算我是守舊吧！這種舊也不壞呀！祖宗為我們開創基業，我們難道還不該慎終追遠的敬奉他們嗎？父母生我育我教我，我們難道不該感恩孝順他們嗎？與人相處難道不該互相誠信以待，要大家騙來騙去嗎？莫看這些是舊思想啊！國家的紀綱、社會的安寧、家庭的和睦，都要靠這種思想來維繫。你們知道為什麼我們中華民族始終源遠流長，生生不息，始終不會被外來的思想所同化併吞，就是因為有這種重倫理，講道德的思想深植在我們每個人的腦海中，才有那麼大的抵抗力呀！」他的這一番話一點也不誇張，都非常中肯，非常具說服力。把孩子們說得啞口無言。

我的這位親戚雖然讀書不多，但是教育兒女卻非常成功。老大是個男孩，現在就讀空軍官校，未來的飛將軍。老二是個女孩，現在師專讀書，將來執掌教席。兩個孩子都品學兼優，身強體健，都是標準的好青年。有朋友問他，孩子教得這麼好，有什麼方法可以傳人。他先是朗爽的大笑一聲，然後說：「我大老粗一個，自己這點點兒知識都是當年在軍中隨營補習學來的，那裡還談得上什麼教孩子的方法。不過我的原則是，他們該享受的我一概不少，但對他們的要求我也一點不放鬆。該讀書的時候一定要全心全意的讀書，該玩的時候我讓他們儘情的玩，表現好的時候我一定鼓勵，就是這麼樣平平常常的方法。」頓了一下他又接著說：「也許唯一不同的是，我的孩子都沒有上過幼稚園，他們三四歲時，我教他們唸三字經，百家姓這些啟蒙書。當然他們不會瞭解書的內容。那沒有關係，祇要他們順口溜的背熟就行。現在他們大了，就懂了這些書的好處。尤其現在的孩子都一窩風的讀理工，對文史方面根本不大注意。讀過三字經可以補充他這方面的基本知識。我的那個老大說，他讀歷史朝代理不清時，祇要把三字經從『自羲農，至黃帝』背起，一直背到『復漢土，民國興』，就把整個我國歷史的前前後後，以及朝代大事都搞清楚了。我要是有錢辦幼稚園，我要辦一個教孩子讀三字經、百家姓，昔時賢文這類古書的幼稚園。也算是為復興中華文化做點紮基的工作。」

前些年，由於一部美國黑人尋根電影的啟發，而興起了一陣尋根熱。我們一直生長在自己的土地上，根一直就在這裡，用不著尋。但是一直有些居心叵測的作著扒根挖根的勾當，我們要保護我們的根，我們要固守我們的倫理道德。我的這位親戚，就是一個自動自發的典型護根的人，也是一個可敬的倫理道德固守者。

好好吃的豆腐

有一年年初，一家報紙副刊在台南舉辦了一個南北作家會師座談。與會的前一天晚上，南下的十多位北部作家先被安排在成大與南部的讀者見面。那晚的過程一直非常熱鬧輕鬆，不知那位讀者突對吃的問題感興趣，要作家們談談自己最愛吃的東西，於是整個會場一時各種美味俱陳，什麼酸菜火鍋，臭蛋，臭豆腐，還有以花生米兩粒，香腸一片，皮蛋一塊，小酒一杯所處方的天下美味紛紛出籠。最有趣的是，一連竟有好多位作家都道出了對豆腐的喜愛，各人道出了吃豆腐的好處。

在下也是那天在座對豆腐特別鍾愛者之一，但我對豆腐的喜愛，倒不純為什麼經濟因素或營養問題，而是受了一位賣豆腐的影響，我剛搬到這裡來時，屋前還是一片沼澤的荒地，站在陽台上一眼可以看到宏偉的國父紀念館。遠處松山機場的飛機一離地，就可欣賞到那種一飛衝天的雄姿。那時幾乎沒有什麼小販到這個偏僻的地方，連買瓶醬油，都要穿過一片荒地到背面的吳興街。後來蓋房子的來了，不到兩年，屋前屋後的空地都成了一排排的公寓；我這邊陲之地，頓時成了公寓的核心。於是小販就跟著來了。來得最早的就是一個賣豆腐的中年人。他剛來時，我非常起反感，因為他每天早上六時半準到，總是驚醒我這個遲睡的人。這還不說，最令我冒火的是那種咄咄逼人的叫賣聲。先是一聲「豆腐」劃破長空，看到沒有人反應跟著又是兩聲。一聲比一聲大，一次比一次急迫，好像沒有人買他的豆腐，就會沒有早飯米下鍋似的絕望。公寓的巷子很窄，早晨又靜，聲波在其間迴蕩起來，非常刺耳。有好幾次，我都想衝下樓去，要他把聲音放柔和點，免得吵了大家的安寧。都被老妻所阻止。好的是，祇要巷子裡有一家應一聲買豆腐，他就會馬上回答一聲來了，從此饒過了這條巷子，轉到別條巷子去喊叫。妻為了孩子上學比我起得早，她總是不待賣豆腐的叫第二聲，就去買幾塊回來，止住他的叫喊。不過這個人的豆腐和其他豆腐類的產品均真不賴，尤其豆腐又嫩又白，拿到手上還是暖呼呼的冒熱氣。於是我們全家就是這樣半強迫的經常買豆腐吃，吃成了習慣，也吃出了味道，後來連他那種刺耳的叫賣聲也見怪不怪。

不僅如此，這些年來和朋友一起在外國館子吃飯，紙要是點菜吃，不管別人點什麼，也不管是別人請客，還是自己掏腰包，我總是先點一道豆腐。朋友們常笑我小兒科，點那麼不值錢的東西。但是一吃下來，每每我點的那份豆腐先被大家吃光，可見豆腐實在是人見人愛。而這幾年來，我還喜歡自己下廚燒豆腐吃，嘗試過各種的燒法。現在我燒的家常豆腐，不但在家裡小有名氣，兒女們的同學也很欣賞。他們的便當裡要是帶我燒的豆腐，總是要求多裝一點去與同學分享。我燒的家常豆腐是揣摩當年家母的燒法。所以好吃是因為我豆腐兩面煎黃以後先起鍋，再用油炸香一撮湖南豆鼓，然後把煎好的豆腐倒進去，加上鹽，淋少許醬油，然後加上大量的蒜葉和高湯同悶。起鍋時調點薄芡。如果喜吃辣的，在炸豆鼓時，切上一隻紅辣椒進去。這樣便色香味俱全。今年春節，老妻為年菜而傷腦筋，我要她多買塊豆腐用水浸泡在那裡，到時不論自己吃，或有朋友來，我都可以一顯身手，而且包管人人喜愛。

由於對豆腐的喜愛，最近我還悟出了一些豆腐與人的關係。我認為就我們中國人而言，豆腐可說是一種最近人的食品。不論環境如何，豆腐總是隨時在服侍我們。從前我們窮的時候，大魚大肉吃不起，衹有豆腐可以用各種烹調方法來襄助我們填飽肚子。眷村出身的老妻就常說，她當小孩子那個時候，沒有菜下飯，她爸爸就去買五毛錢豆腐澆上一點醬油，撒下幾顆蔥花佐餐，全家吃得都好香。我始終不會忘記早年軍中上下均需背熟的愛民守則，其中就有一句「青菜豆腐最營養，亂吃東西壞肚腸」，也無非是那時的副食不好，鼓勵大家體時艱，少奢侈。現在我們富足起來，吃多了大魚大肉之後，大家又自自然然的改吃豆腐，而豆腐仍然是以最低的價錢，仍然是以那種又白又嫩的本色來供我們烹調，以豆腐比人，這種人才真是值得我們永遠珍惜的朋友。

拾黃金

小時候在大陸老家，平時幾乎沒有什麼娛樂休閒活動，偶爾有台敞棚戲可看，便可瞻前想後的興奮好多天，演過的戲也記得好一陣子。其中使我至今記憶猶新的，就是那齣逗趣的笑料劇「拾黃金」。大意是說一個窮小子偶然在路上踢到一樣硬東西，低頭一看黃甸甸的像是金子，便作起揮金夢來。演窮小子的是個丑角，插科打諢非常好玩，後來他拾起來一看不過是塊乾糞便，空歡喜了一場，但他還是高高興興的揣回去作肥田用。這齣戲十足反映了當時鄉人純樸的心理，他們免不了也想發財，但即使撿到是塊乾糞便也仍然珍惜，地裡面還用得著。

說起來現在的人不會相信，事實上在那時候的鄉下，農家真還專門派得有人撿糞作肥田用。人們對這些人且以「撿狗屎者」呼之。為什麼單單稱之為撿狗屎，這是因為人畜的排洩一定會在家裡解決，即使耕牛偶爾會在放牧或上下工途中就地拉撒，趕牛的也會鏟起來帶回去，絕不隨便丟掉讓別人撿去。唯有狗無法控制，牠們的習性是四處拉撒，要發這種財，就只有派人撿了。而且據說狗屎特別肥，是上好的肥料。

撿狗屎的通常都是家裡老邁或派不上用場的人。他們提拎著一支小鐵耙，一隻竹箕，在田塍村道上四處行走，有了發現便耙入竹箕中。他們一定是一早出門，一來是怕別人搶先，二來是老年人早上反正睡不著。走完一個早晨回來，有時並不一定有收穫，有時卻又發些意外之財，譬如內急的過路人，或其他野物撒的野屎。他們收集回來之後倒入堆肥坑裡。那裡面有腐草爛菜葉，有牛欄裡清理出來的污穢，有雞鴨糞，坑在一起等耕作時平均分配到田裡去。

來到台灣以後，幾乎沒有看過戲，也不會有家鄉那種野台戲可看。當然更是沒有見過什麼撿狗屎的人了。一切似乎都已成了記憶中的歷史陳跡。倒是由於國民生活水準提高，飼養寵物，尤其養狗的風氣越來越盛，狗口眾多，卻又沒有讓狗撒野的空間，養的人只好把狗屎拉在別人家門口為處理之道，通衢大道幾乎到處都有狗撒的爛污，尤其以比鄰而居的住宅區為甚，稍一不慎，腳下就會遭殃，要折騰半天才弄得乾淨。還好現在穿的都是皮鞋，要是還像從前一樣穿布鞋，污穢浸入布紋裡面去，多少天都有臭味。小時候我就有過這種經驗。

我嘗想，如果現在這種情形，要是在當年我們家鄉出現，撿糞的人可真會像遇到遍地黃金樣的高興，每天都會滿載而歸。現在人家養的狗也都講究營養，甚至打針進補，拉撒出來的，不知要比當年那些靠撿食殘菜剩飯的土狗要肥多少倍，作田的人更笑得嘴都會歪。可是現在台灣的農村都有補給到家的化肥，那裡還會靠動物拉撒的糞便。從前被農村視為的遍地黃金，現在倒成了遍地公害。嚴重追究起來，人們告到環保單位，依廢棄物清理法，可對狗主人處以一千二百元至四千五百元的罰鍰。

最近看報，在一處不太顯眼的版面，居然看到一則與解決現在遍地公害有關的新聞，非常有意思。新聞的標題是「犬貓糞便處理器，兩千支免費贈送」。內容是說一家「犬貓家庭計劃噪音防治中心」，感到養犬養貓風氣日盛，但寵物隨地便溺，對大眾生活品質的維護造成相當大的挑戰，為此他特別設計並訂製一種易於隨身攜帶的犬貓糞便處理器，贈送需要者使用，藉以養成國人順手清理穢物的習慣。看完這則新聞，不覺感到這家防治中心的負責人居然把心思用到這個大家束手無策的臭事上來，真是功德無量，應該是好人好事表揚的對象。這個不起眼的小新聞出現已有很多天了，不知道有沒有得到該有的反應。我覺得養狗的人看到有這種好方法應該主動去要一支備用。究竟「糞土也是黃金」的時代已經過去了。自己寵物撒下的爛污自己處理，是天經地義的事。

厚禮

平生最不擅於迎逢酬酢，尤其最討厭收授禮物，但是這一份厚禮，我卻衷心的接納，絕不推拒。

這已經是多年的慣例了。每年的陰曆過年，到了年初六那一天，詩友周夢蝶和曠中玉都會連袂來我家吃一頓晚飯，除了是過年，也是為他們過生日。夢蝶是年初一生日，中玉則是年初五。他們都是單身漢，我把他們湊在一起來家裡熱鬧一番。每年他們來，我都囑咐他們只要帶張嘴就行，他們也都順從我的意思，沒再和我客氣，但他們仍免不了帶點小東西，一卷書、一本畫冊，有一年夢蝶還捎來了一大包他所蒐集的郵票，時常這些我都視為珍寶的接受了下來。

但是今年過年夢蝶卻帶來了一件很特別的東西，從他那一刻也不離身的手提袋裡，拿出來的竟是一幅裝裱得很好的畫軸。畫軸上是齊白石畫的一幅觀音像。我一看都嚇呆了，這麼貴重的東西，我們那裡敢接受。夢蝶趕忙作解釋，說是複製品，是一位居士送給他的。他說掛一幅觀音像在我們家裡會保佑我們全家平安幸福，他還建議我們最好在畫下擺張小桌子，供一爐香。

齊白石的這張觀音大士像畫得非常雍容大度。眉目間表露出一種慈祥親和的母性光輝，衣袂也極度人間化。不像一般看到的觀音像繪得縹緲飄忽，與凡間拉開了距離。據我所知觀音是中國家庭中最大眾化的信仰對象，畫得太神奇，就會失去親切感，我深深的謝過了夢蝶的這份厚禮，立時就擇了一個地方懸掛起來。一時之間，我這窄小平凡的廳堂就顯出一番不同的氣象。我想那不但是畫家的畫藝高超，也是觀音大士的法相普照了我這寒僻的地方。

說實在的，我並非一個宗教興致很濃的人，甚至至今我還沒有擇定一個能使我全心寄托的宗教信仰。但是夢蝶送的這幀觀音像卻對我有一份超出宗教範疇的親切感，因為我生長在一個信奉觀音菩薩的家庭。在昔日我的湖南老家的寬大廳堂裡，正中間高聳的神灶上，上一層供奉的就是觀音菩薩，下層才是祖宗牌位。祖母和母親都是觀音大士的虔誠信徒，每天都會早晚上香膜拜，為全家人祈福。記得有一年，五嬸的腋下長了一個毒瘡，看盡了各方的醫生，吃遍了各種丹方靈藥，全都沒有效用，最後祖母集合全家人，唸了三天觀音經，全家誠心的叩拜祈求，說也奇怪，五嬸的毒瘡竟日漸好轉，過不久就結疤痊癒，那時我才十二歲，跟著全家人唸會的觀音經，至今仍可一字不漏的背誦出來，遇有心緒不寧，碰到苦難時，我常在心中默唸，以求平靜。

令我最不能忘記的，是我們家觀音顯靈的那件事。家裡的神灶上常年供奉有一爐砌好待燃的檀香，是專門為重要日子燒香而準備的。但是有一天，那一爐香竟自動香煙裊裊起來。平時有事要點燃那麼一爐香都要費好大一番功夫，每日晨昏膜拜拈香的香爐也在神灶的下層，根本不可能引燃上面的檀香爐。那時正值長沙二次會戰前夕，日寇的鐵蹄隨時有蹂躪而至的可能，風聲鶴唳，草木皆兵的驚恐中，觀音大士面前的香爐會自燃，這究竟是一種什麼樣的徵兆呢？全家人都找不到好的解釋，祖母的信心最誠，她認為這是觀音大士故意顯靈給我們看，要我們信奉祂，在祂的庇佑下，一定會逢凶化吉。也許是巧合，也許是祖母的觀點真能通神，那次會戰，日本兵在河對面的鎮上旋風而過，燒殺擄掠，無所不為，僅一河之隔的我們村子卻安然無恙的逃脫一劫。

現在我的家裡也有一尊觀音坐鎮了。夢蝶說會為我們帶來平安幸福。我們今天華屋，良車，美食，錦衣樣樣都不缺了。但是美滿的生活背後，卻處處暗藏危險的因子，到處都有坑人的陷阱，使人防不勝防。也就是說我們現在正缺的就是平安幸福的保障。這個時候家裡迎來了一尊救苦救難的菩薩，縱然未必真能逢凶化吉，落得心裡能有恃無恐也是好的。所以我說夢蝶今年過年送的這一份是厚禮，我要衷心的接納，絕不推拒。我們誰會把一尊守護神留置在門外，不迎進屋裡呢？

書多發愁

大概是去年春天的事，一天早上，我從住處近旁爬完山回來到路口的豆漿店吃早點。坐下不久，名小說家司馬中原也從對街的住處來了，他是來買這家的蔥油餅。在等著出爐的當兒，我們坐在一起聊了起來。司馬和我一樣，當時都正是為置產的事傷透了腦筋，於是我們由置產談到當初要想換房子的動機。他說他家房子小人多，曾經想把房子擴建一下來解決，便找了人來設計估價。誰知那個專做土木的人，在房子前後裡外看了一遍之後對他說，他那棟房子根本不用改建就夠住。司馬驚問其故，做土木的人對他說，只要把所有的書都搬走就寬敞了。我就問司馬到底他們家有多少書，居然威脅到人的居住，他說包括他兒女的書在內大概要裝兩卡車。當時我也嚇了一跳。不過兩卡車到底是多少，還是沒有具體的概念。後來司馬就搬離我們吳興街，搬進他的新居了。聽說他的房子上百坪，兩卡車的書裝進那麼大的房子裡，大概再也不會與人爭地了。

去年底我這置產已四年有半，因建商逃債國外，一直不得解決的新居，終於也勉強接通水電可以搬進去住了。新房子只比我原住的廿三坪房子多十坪，可是卻是我這五口之家省吃儉用巴望了五年才有的成績，全家興奮之情自是不在話下。尤其我那擠在只有一坪半大，住上下舖住到快二十歲了的兩個女兒，真是有開籠放雀的喜悅。新居仍在吳興街，離原居處不遠。那時房子還沒有完全裝修好，我們就開始把東西零零散散的往裡搬。首先就是搬書，妻從她弟弟那裡弄來了一部旅行車，我們把裝箱好的書一箱箱往車上搬，居然也裝了兩車才運完。運至新居的書先都暫時放在客廳裡。七坪大的客廳地上居然到處都是紙箱，連走路都不方便，這時我才了解到司馬說的兩卡車書的份量。

記得那天搬完書回到家裡，妻看了看舊居的四處，她感慨的對我說：「我們家裡把你的這些書一搬空，好像再也沒剩下什麼東西了。」妻的話像抽冷子樣的透著幾分涼意。不過她說的也是事實。這些年來，我們除了把三個孩子拉拔大以外，可以說根本沒有添什麼東西。客廳裡的一套沙發還是十多年前搬至這裡時，從一家舊家具店買的，已經破爛得連彈簧都冒了出來，孩子們早就不敢把同學往家裡帶。其他也全都是因陋就簡。但是不管怎樣，書卻是從來也沒有斷過，幾乎是源源而來，來了之後就到處塞，那裡知道，居然會集成兩部旅行車的量，更那裡知道，書一搬走就把家裡也搬空。

我的那些書有兩種來源：一種是我自己買的，像我本行電子方面的參考書、工具書，還有我興趣所在的文學書籍。尤其後者，一買就是成套，或好多冊。台北羅斯福路與南昌路口的地方有一家專賣古籍的廣益書局，每年都有一兩次大打折。每次都會去搬一些書回家。信義路國際學舍所辦的書展，也是我常去光顧的地方，沒有一次不是滿載而歸。另一種書是朋友送的。這年頭儘管有人說，平均國人每年花在買書的用度上少得只有百兒八十塊錢，只夠到桃源街吃碗牛肉麵，但是我們文人朋友仍然是前仆後繼，不顧死活的出書；沒人買，送朋友照樣的起勁。每個月我都平均收到三四本，期刊雜誌還沒算上。有些書是大出版社印的，作者當然還可以收到合理的報酬；甚至還因發行好名利雙收。但是更多的書都是自己掏錢印，發行是在小出版社掛個名，甚至就用家裡地址。作者不但預先就沒打算揚名致富，甚至連收回成本的奢望都沒有。純粹是為自己作品作個歸一的收存，順便也以書會友。這樣的書我收到後，心裡發出由衷的敬佩，也感覺特別的珍貴。於是，一方面自己拚命的買書，一方面別人的贈書又不斷的來，在日積月累之下，書就自然的多起來了。

現在我住的地方的小小書房裡，有一整面牆我做成了書架，但是搬過來的書仍然太多。書架擺滿之後，客廳的裝飾架上也擺滿了三大格，還有一些比較舊的書就只好藏在架子下的一排儲物櫃裡。倒也乾淨俐落，不像從前樣的到處塞。可是這一年下來，書仍蜂擁而至，就像在過去舊居一樣，書桌的兩邊，又被各種各樣的書和詩刊雜誌推高起來，快要侵佔到我寫稿的這塊小小地盤。想起從前書也是這樣從書桌入侵起，然後書架，然後五斗櫃，然後床底下。怕要不了幾年，這種情形又會重演吧？我可是再也買不起房子，也怕再買房子了啊！

請發善心

五月十三日深夜，我剛從書桌旁退了下來，正準備梳洗一番然後就寢，突然電話鈴聲大作，好像有什麼緊急事情發生，我已經老邁到很少有深夜來電話的朋友，除非有什麼不妙。拿起電話一聽，是老友曠的聲音，我和他剛在一小時半前在一家餐館前分手，現在又來電話，不由得不緊張起來。

「向明，剛才下計程車時，我把皮夾子掉了。」他說話倒還鎮靜，我卻突然彈跳了起來。果然是發生事情了，馬上就直覺的問：「皮夾裡有沒有錢？」

他仍然不慌不忙的說：「裡面有美金兩仟、台幣三萬，還有身份證和幾張朋友的名片。」

我一聽那錢的數字馬上像洩了氣的皮球。天！那不是他整整攢了這一年的老兵加給？他這點錢不但是要養他自己，還要養他那九十多歲的老母親的。兩岸交通了以後，曠打聽到老母親還在，便毅然辭去了那份退伍後好不容易找到的臨時工，帶了少許退休金和勞保給付，兼程趕回家去侍奉高齡的母親，以盡一份一直無法盡到的人子的責任，只隔年把半年回台一次，領那每月萬餘元的老兵生活津貼。這次就是回來領錢，準備再回到母親身邊的。

「怎麼會丟的呢？放在什麼地方丟的？」我再問他。

「下計程車時，我從手提包裡拿出錢夾付車錢。付完我插回手提包，回來才知道錢夾根本沒插進手提包裡去，大概掉在計程車裡了。」

他敘述完畢，我便知道這又是他曾經輕微中風所帶來的後遺症。許多年前他輕微中風以後，雖然復健得很快，但右手指仍然不太聽使喚，連拿筷子都要一再比劃才拿得穩。他之寧願回到湖南老家鄉下去過日子，除了陪伴母親，還有就是也可得到晚輩的生活照顧。不過我曾不止一次的勸他以及好幾位和他同樣情況的老友，不要把所有的錢都帶在身上，像吃飯和付計程車的小錢，可以放些零錢在外衣口袋隨時備用。但他們對自己的行動仍然信心滿滿，常常一掏出來就是一大把鈔票，把人看得直瞪眼。

「有沒有記下計程車的車號？」話一出口，我便知道這是白問的。他和我分手時，車是我替他攔的，他又不是黃花大閨女，怕人動腦筋，記人家車號幹什麼？馬上我就改口問他怎麼辦？因為隔天他就要回到母親身邊去，飛機票都已經訂好，沒有錢他怎麼回去過日子。他支支唔唔說不出話來。我知道他難以啟齒，誰叫他和我既是同鄉又是同學，還曾在同一兵種當兵。我說現在趕快報請警察廣播電台協尋，明天我去提些老本給你帶回去，免得老人家掛心。

現在離五月十三日已經兩個多月了。似乎警廣的協尋沒有什麼作用，即使曠那張快七十歲老人的身份證，也沒有看到那位撿到的朋友發善心寄回。

大難見真情

老妻是個非常奇特的人，她的一言一行常常表現出特立獨行的個性，譬如上次大陸打飛彈，把人心弄得惶惶不安，好多人都準備屯積糧食日用品，以應真正打仗之需。老妻卻沒有跟著別人起鬨，只去藥房買來幾盒「人生浣腸」。她的杞憂是將來真打起來，一定沒有蔬菜水果供應，缺了這些含纖維的食物，人一定會便秘。她是在為將來的「後路」不通預作防範。

九二一大地震那一天，我們老倆口雖被震得徹夜不敢再睡，老妻仍然冒險趕去國父紀念館廣場練功。九點多鐘順道從菜市場買菜回來，除了告訴我市府廣場前的公園石椅上，仍然坐滿了從凱悅飯店逃出來穿著睡袍的外國旅客，她手裡別的沒有帶，只抱著一大捆青蔥。由於老妻的行動時常不按理出牌，這種不買菜光買蔥的怪事，我也懶得多問，因為常常一問就得抬槓。我正聚精會神的收聽電台的災情報告，難過得難以分神。

十一點多，電台轉播的災情實況又多了南投中縣等幾處現場，我聽得簡直目瞪口呆，不相信那是真實情況。那些活生生的人，那些光鮮亮麗的高大建築物，那一座座偉岸矗立的山林，為什麼會那麼無辜脆弱，幾十秒的時間便毀滅殆盡。我正百思不得其解的時候，一家出版社委託詩人張默來了電話，先聊幾句探問雙方有無損失之後，他要我為這次大地震寫一首詩，因為他所主編的《天下詩選》過幾天要開新書發表會，出版社認為應該在會一開始來幾段詩歌朗誦，也算詩人對大地震的關懷。

我聽了之後當下的立即反應是簡直匪夷所思，面對這麼嚴重的大災難，大家都震得啞口無言，莫知所措的時候，我們寫詩的寫幾句不關痛癢的空話，就算指天罵地一番又於事何補？再說這種翻天覆地的毀滅性大傑作，那裡是我們凡人這枝渺小的筆桿所可能撼動於萬一？我說，很抱歉，我現在只有痛苦沒有詩。他急著說，那怎麼辦？難道我們詩人都沒有一點反應？我說現在要表現關心最直接的方法，就是把出版社給我們的稿費捐出來，拿去買東西救災。一直在廚房忙碌的老妻也在注意我們的電話交談，當我說到拿實際行動救災，她向我豎起大拇指。

張默聽完我的建議認為很有道理，便去聯絡別的詩人。我仍守著收音機收聽各災區的受難情形。我一邊聽一邊喃喃自語，這那裡是地震，分明是世界末日的大毀滅嘛！山會走動，掩埋掉一整座村莊；地會張開大口，吞掉一棟棟房屋。大廈會從中間腰斬，下面的幾層樓像千層糕擠壓在一起，比電視上常看到的誇張災難電影還真實，還凶險萬倍。

不過我們人的反應也不含糊。好像也沒有誰下動員令，從全省各地來的民間救難人員，宗教團體的志工，還有整個一部隊的阿兵哥都趕到了災區。救援物資都從各家各戶往一起集中。收音機中有災區呼籲要飲水要食物，成箱成堆的礦泉水，生力麵一下便裝了幾卡車。有一家麵包店把幾大箱準備應兩天後中秋節的月餅也捐了出來。電台有記者呼籲災區極需毛毯、睡袋、帳棚。乖乖，四方八面便有了響應，將這些東西集中往災區送。我們既經歷了自然凶猛醜惡的一面，卻也發揮了人性溫暖光輝的一面。我暗自思忖，這該不是上蒼有意對我們嚴酷的考驗吧？不過人也不是那麼容易折服的。看看這些不分你我，不分族群爭先恐後的救災行動，便知人在必要時會團結成一條心。

聽著聽著，不知天將降下黑幕。忽然聽到我那一直在廚房忙碌的老妻對我喊叫：

「老爺，我做好了五十個蔥油餅，我們送到災區去好嗎？」

我猛然一驚。我一心一意在聽災情，原來我們家也有一個人在默默為災民準備食物，而我卻全然不知，看來我上午和張默通電話要以實際行動來支援災區的建議，老妻都聽進去了。不但聽進去了，而且早就有此打算，不然她怎麼會只買一大把蔥回來。

我走進廚房一看，果然老妻已經把五十個蔥油餅做好了。而且一包包的裝好，只等有人提了送去。問題是我們家就只我們兩個老人，又沒有車，又快天黑了，這五十個蔥油餅怎麼送到災區？

正在傷腦筋的時候，老妻忽然想到三樓的小林在消防隊做事，說不定請他順便帶去，豈不省事。老妻興奮地往樓下跑，過不久又喪氣地跑了回來。她說小林一早就到東興街災區忙去了，一天都沒有回來過。小林的太太勸老妻不要想送蔥油餅到災區，因為現場已經封鎖不讓閒雜人等進去，裡面都是救護車、消防車和重機械。災民和救災人員都在忙著搶救壓在裡面的人員和財物，誰還有人會顧到吃東西。

老妻像漏了氣的皮球，拎著那一大包的蔥油餅直問我怎麼辦？我說小林太太的話是對的，我們不要到災區去增加麻煩。像我們這樣已經肩不能挑手不能提，荷包又不充裕的人，也有我們盡力的方法。先把蔥油餅暫時存進冰箱，就當我們日後這幾天的存糧。明天妳把我們的兩日所得悄悄丟進捐獻箱裡，也算是小小的功德。老妻這次沒有和我抬槓。

輯三・詩情篇

詩人本就是一種與窮為伍的行業，如果不窮得連茅草屋被風吹塌時，還有更窮的人搶那吹走的茅草，詩聖杜甫就寫不出「茅屋為秋風所破歌」，更不會發出「安得廣夏千萬間，大庇天下寒士俱歡顏」的宏願。

美麗的錯誤

一位靠海為生的水手詩人很感慨的講了一則有關他自己的故事。

他說他出去跑船，一去經常都是一年半載難得回家。好不容易盼得歸期將近，總是滿心急切，滿腔興奮的希望和久別的家人熱熱烈烈的見面。可是每次回到家裡，他的妻子並不是如想像中的那麼熱情歡迎他，甚至還有點冷淡的味道。使他感到不是滋味。有一次他終於憋不住了，問他妻子究竟是什麼原因，會是這麼一副冷面孔。

他的妻子遲疑了一會，打了一個比方對他說：

「就好比一杯剛沏的滾燙的熱茶，你不去趁熱喝完它。而要到外面待上好一陣子，等茶涼了，冷了，甚至餿了，你才回來。你一回來就要喝熱茶，哪裡會那麼方便！」

妻子的話說得非常含蓄，卻明顯的滿含幽怨，時間冷卻了熱情，要恢復仍是靠時間來培植的，哪裡會立等可取？我的朋友終於知道了妻子的苦處，從此回家再也不會誤會妻子的冷淡了，了解實際是自己經常在妻子身邊缺席所致。要喝熱茶，也要自己趁熱去喝。可是作為一個水手，漂泊是他一生的宿命，哪裡能時時守住那杯熱茶呢？這便是水手和水手之妻最難調和之處。

鄭愁予有首詩叫做〈錯誤〉。意思是他打江南走過，那裡有一個等在季節裡的容顏，心已如小小的寂寞的城，更如緊閉的窗扉。而他打那裡走過時，青石街道上達達的馬蹄聲，常常會造成一種美麗的誤會，以為他是那個久盼的歸人，然而他其實只是一個匆匆的過客。水手當然是歸人，不會是過客。不過他的行蹤也和過客差不多，待不多久便得又回到海的懷抱。家便也會像那小小寂寞的城一樣，裡面只有那等在季節裡任其開落的蓮花了。女人遇到浪子總是一種美麗的錯誤。

檳榔的滋味

前幾天應邀到日月潭畔去參加一個國際詩人會議。赴會途中，坐在遊覽車上，一路看到每隔三、五步就是一座裝飾華麗的檳榔攤，再進入山區產地，漫山遍野都是檳榔樹，一時真像是進入了檳榔王國，我們去朝拜檳榔。

晚上餘興的時候，主辦單位準備了很多土產供大家品嚐。一位年輕的當地詩友，卻悄悄地打開背袋，取出紙包，塞給了我一枚檳榔。他大概是在盡地主之誼，要我這城裡人也嚐嚐檳榔的滋味吧！他說挺新鮮的，剛從樹上摘下來，包葉子上還有昨夜的露水。

我連看也沒看的就把那枚青青的果子投入口中，然後大口大口的嚼將起來，一股紅紅的檳榔汁液在我的口邊滲出，我的樣子絕對不亞於一個道地的檳榔族。

那位詩友看了先是一楞，繼而是滿臉疑惑的問我：「老芋仔，你什麼時候也學會了吃檳榔？」原來他以為我一定會拒絕，至少會要考慮一下才勉強的塞入口中，而我卻若無其事的大嚼起來。

我漫不經心的回答道：「少年仔，我吃檳榔的時候，你還不知在哪裡呢！五六歲時，我就會嚼檳榔。」

他推了我一下說：「少來了。你五六歲時還在你們湖南老家吃辣椒，哪裡會有檳榔吃？」

我也順勢推了他一把說：「我們湖南人吃辣椒也吃檳榔耶！你以為只有台灣這個地方的人才吃嗎？」

他大概從來不知道別的地方也吃檳榔。更不知道我們老家那以吃辣椒聞名的內陸地方也有吃檳榔的習慣。我對他詳細的介紹：我們那兒吃的檳榔是從沿海運來的乾貨。然後加工塗上石灰調和的香料，如肉桂、甘草等。吃那種檳榔要牙口好，因為剛入嘴裡會硬得像石頭，要慢慢嚼鬆軟後，才其味無窮，也是滿口紅紅的檳榔汁。我們那裡拿檳榔待客視為上品。過年的時候，敬客人一客用紅綠紙包裝的石灰檳榔，體面得不得了。

順便我也告訴他一則我那年回鄉探親的故事。那年回到家鄉後，熱情的邀宴不斷。一次吃完飯後，走出飯館，一位年輕的後輩，從門口的檳榔攤上，買了一包檳榔走上來敬我。我看到那四十年未見的深褐色打理得晶亮的檳榔，真有如見故人樣的親切，當即拿了一枚放入口中，大嚼起來。

那年輕人看了也是一陣驚奇，認為我出門在外四十多年，會吃檳榔，我也是玩笑似的揶揄他：「你以為祇有湖南人才吃檳榔嗎？我們台灣吃檳榔吃得比你們更兇，而且吃的都是剛從樹上摘下來的新鮮檳榔。」

這次是讓一個湖南少年覺得自己孤陋寡聞了。

埔里之夜

到日月潭畔去開了四天的亞洲詩人會議。第二天的下午兩場討論會中間的休息時間，我正倚欄面對會議廳外滿眼的湖光山色著迷時，忽然一個年輕人氣急敗壞的跑到面前說，他是佛光山文藝營我教過的學生，特別停車前來向我問候。我在文藝營教過的學生很多，但是在日月潭畔還會有遠在南部佛光山文藝營的學生出現，就很希罕了。寒暄片刻之後，這個年輕朋友忽然說，老師難得到我們這鄉下來，如果今晚有空，我想接老師到我們埔里鎮上去，那裡很多人也想和老師見面。那天晚上的節目是詩朗誦，詩人可以自由參加。我想我又不擅朗誦，缺我一個人捧場也無所謂，到埔里去認識一些年輕朋友，交換一些藝文心得，恐怕比詩朗誦更有價值。我們常常是看重對外交流，而忽略內部的了解交融的，現在可是個機會。於是我點頭答應了。年輕人立刻喜形於色的趕回埔里安排，並且約定晚間七時正開車來接我。

七時不到，他果然來會場接我了。日月潭到埔里的路修得像高速公路，整齊又有序，晚上來往車輛並不多，年輕人的車速卻開得極為穩重。我說路好可以開快一點，誰知他說，這是剛才他離開埔里時，他們朋友一再交待的，不要開快車，免得驚嚇了老師。我感動得眼淚差點都掉了下來。我有何德何能要他們這樣的愛護備至。

和他們見面是在一家民藝店二樓的展覽間。他們一再抱歉因為臨時召集，一時找不到人，只能到現在的七八位。我已經感覺到過意不去了。素昧平生，只不過比他們多活了幾歲，寫過幾首歪詩，就得這樣讓人恭敬，我又有什麼可以貢獻給他們。我一直在心內惶恐。門外就是夜市，震天價響的吆喝聲、音響聲，把個小鎮吵得熱鬧滾滾。我們室內的交談是另一種高昂的情緒。他們和我交換創作心得，他們拿自己的詩和畫和我共賞。他們也辦了一份全省獨一無二的廣告詩刊，發表他們的作品。他們向我談他們要把埔里小鎮創造成一個獨特藝文環境的抱負。他們把我當成一個久別的至親樣的傾訴他們在小鎮默默經營的一切作為，我感到無上的光榮和恩寵。來自遠遠外地的我彷彿一時也成了他們埔里的在地人。

一夜的交談，使我發現我們這些城市人對於台北以外的天地實在太無知、太封閉了。以為當今台灣的藝文創作就只經常在傳播界知名的那幾人。殊不知，當夜出現的少數這幾位詩人和藝術家，他們的觀念和成就都遠遠超越我們。他們的求新和創造襯出我們的蒼白和陳腐。而這還只是埔里一地，在全島各地還不知潛藏有多少這樣的新希望和新生命。埔里之夜的經驗是，我們不能再目空一切，要走向大眾。

念天地之悠悠

「念天地之悠悠」是初唐詩人陳子昂在他的名作〈登幽州台歌〉中所唱出來的一句。這一句來得頗費艱辛。據說陳子昂當時是在武則天的朝中擔任幕府參謀。他是一個非常有主見有才能的人，直言敢諫，對武后的作為，常常提出批評意見，卻都不為武則天所採納，甚至欲以「逆黨」誅之。陳子昂屢受挫折，心中非常苦悶，有一天登上了現今北京德勝門外西北角的幽州台，慷慨悲吟出這首〈登幽州台歌〉：

前不見古人，
後不見來者。
念天地之悠悠，

獨愴然而涕下！

意思是天地之間，前無賢君，後無明主，只他一人孤單獨鬥，又有何用，不禁悲從中來，而愴然落淚了。

這首詩是因登台有感而發的。台在高處，站在高的地方才容易興孤單寂寞之感，也才顯得蒼涼悲壯。但是，也不盡然，還得看人的心境和處境而言。像獨夫毛澤東登上那麼一點點高的天安門居然就會有「欲與天公共比高」的狂妄。而王之渙就不同了，他登「鸛雀樓」時，雖然看到白日依山而盡，黃河入海而流，氣勢不可謂不夠壯觀，然而他自知欲窮千里之目，還得「更上一層樓」才行。他是虛心的，進取的，沒把自己看得那麼偉大。

我在今年三月間也曾有過一次登高的經驗。心情卻截然不同。

我們一行到達美國新墨西哥州聖太飛學院作第二場詩朗誦時，詩人葉維廉兄親自導遊我們參觀當地勝景。新墨西哥州位處沙漠地帶，所有的山川，河谷均係四百多萬年前因地殼變動自海中浮起，故此海蝕成的各種地貌，都匪夷所思的奇形怪狀，有「自然博物館」的美譽。

那天上午我們參觀了難得一見的印第安人保留區之後，維廉翻看地圖，把車朝向另一目的地出發。時近中午，我們又剛裝滿了一肚子的德州炸雞和洋芋泥，大家皆昏昏欲睡，反正維廉是識途老馬，那管他車往那裡開。待到一陣煞車的悠然而止把我們從夢中驚醒，伸頭往外一看，真把我們嚇了一跳，四周一片空白，滿眼天遼地闊，原來我們已立身在真的是「前不見古人，後無有來者」的孤岩之上。

下得車來，往下一看，下臨萬丈深淵，看得兩腳發軟，目光往前推進，怎麼越推越遠，如洗的晴空下，山沒有隨平野而盡，水沒有到天地線而止，好似夢中的那片萬里江山；心怡的那一番開闊景象，如今一眼望不盡的都真實的攤在下面，無涯無際，坦坦蕩蕩，彷彿在挑戰的說，你有什麼雄心大志，儘管施展開來吧，這裡總夠你馳騁，翻攪，打滾了吧！你想造什麼反都行。

可是我們這些平日妄自尊大的所謂詩人，在面對這樣悠悠天地之時，竟不自覺的都畏縮起來，自卑起來，有人欲去岩邊採摘一朵野花時，都被大家幾乎是愴然涕下的大聲喝止：

「危險！別滾了下去！」

我要飛上長空

月初的一個下午，我正在編輯檯被成堆的文字攪得喘不上一口大氣，突然面前的電話吵了起來，我接來一聽是一位老先生的口氣，指明要找我這個人。

「我就是，請問有什麼事？」我趕快抽身答話。

「您就是向明先生？哎喲！找您找得真苦。要不是問到文藝協會，恐怕還找不到。」老先生操著生硬的台灣國語，顯得非常興奮。

「我就是向明，方向的向，光明的明。」我再一次肯定自己的身份。

「向先生，事情是這樣的。呂泉生先生把您的一首詩譜了曲，要收集到他新出版的歌曲集中，想先徵求您的同意，同時付一點小小報酬。」

「呂泉生先生？您是說創設榮星兒童合唱團，創作過很多民謠歌曲的呂泉生先生？」

「是呀！就是他！他把你的一首詩〈我要飛上長空〉譜成了曲，現在就要出版。」

〈我要飛上長空〉？我在腦子裡轉了半天，好像寫過這樣一首詩，但卻印象模糊；又好像早年曾在《中國的空軍》雜誌發表過類似這樣的作品，但早就散失了。如果真是我的作品，能由呂先生譜曲，那真是我最大的光榮。他是我打年輕時就崇拜的作曲家，我最喜愛他所譜的那些輕快明朗的鄉土旋律的歌曲。

「我好像記不清楚寫過這樣的作品了。」

「沒有問題，一定是您的作品。呂先生譜好這首曲子已經好多年了，一直沒拿出來發表。最近要收進集子，才積極找您同意。」

我沒再問什麼，馬上欣然答應了他。

事隔半個多月之後，那位傳話的陳老先生寄來了新出版的《呂泉生歌曲集》，和一筆報酬。我把集中第一百八十二頁那首歌看了又看，果然那是我的詩，年輕時多夢多幻想時的心聲流露〈我要飛上長空〉。詩分兩段，是這樣寫的：

這陸地居住得太久了，
我要飛向長空；
長空有人間無法企及的幻境，
去找尋風的出處，
造訪雲的故里；
自彩虹的長橋梳理陽光的金髮，
向黑緞的天體摘取星星。

這陸地居住得太久了，
我要飛向長空；
長空有我們沒見過的美景，
學雲雀的翻飛，
學蒼鷹的俯衝，

掠過去像閃電裂開夜空的氣勢，

往上界去征服太空。

呂先生以同聲二部，快拍子進行曲的方式譜寫，想必又是一首唱起來身心通體都暢快的那種輕鬆愉快的歌曲。

無意中，我的作品獲得呂先生的青睞將之譜曲，心中真是感奮莫名。詩與歌早就分了家，現代詩很少能夠譜曲唱出來，連帶的使得詩只能落入小眾去欣賞；難得呂先生獨具慧眼，神仙似的把一首詩又賦予新的生命，而且慎重其事的找我徵求同意，大藝術家到底有他獨特的眼光和胸襟，我對呂先生既敬佩又心儀更衷心感激。

努力不努力

「努力不努力」是一句千古不變的挑戰用語，下面只有兩個答案可供選擇：一是努力遲早必定成功，二是不努力必定老來徒傷悲。

這些年來，有人說我交了老運，每有作品出來，不論是詩是文，都會引來一陣或大或小的掌聲或噓聲。這種浪得虛名，無論如何都是朋友對我的一番好意和關心，都是自動自發，並非我請託利誘而來，我當然應該是肝腦塗地的感激不盡。這是多少人都求之不得的寵幸啊！然而在我而言，感激是天經地義的事，應該不應該接受，接不接受得起，則是另外一回事。原因是我自己應該保持清醒，自己幾斤幾兩應該最明白。

一時的掌聲或噓聲，並不就是表示完全肯定與否定，鼓勵和鞭促兼而有之。如果誤認叫好就是獨一無二，則就大錯特錯。假使曉得那掌聲或噓聲只是為你加油打氣、促你改進，這才可以助你百尺竿頭更進一步。

其實我所希望朋友給我的，遠比掌聲或噓聲簡單得多。如果有人看過我的作品之後，會對我說：「喲！你還真下了不少功夫。」或者拍拍我的肩頭說：「你真努力。」我認為這遠比掌聲或指責更受用，對我而言這才是真正了解我的朋友。因為這表示有人真正仔細看過我的作品，估量得出我在作品上所花的精力和時間。知道我的作品不是像從天上掉下來的輕易，也不是像隨地吐痰一樣的隨便，是經過像鐵杵成針那樣的艱苦過程。至於好壞，半由我自身的天份、半由朋友取景的角度，總之我已努力過，如果有人看得出我是在賣力演出，我怎能不感激莫名。

也許有人會說，我也一樣很努力呀！為什麼我就沒有你那麼討好。你這是得了便宜賣乖的矯情。確實，我們的朋友大家都在努力，書一本跟著一本出，但就是沒有應得的反應。當然世風日下，文風不正，偶像崇拜和狗眼看人也是這時代的流行風尚。但如回過頭來自我思忖，自己的功夫下得不夠扎實，努力得不對方向，恐怕也是原因。譬如量大就不如質優受歡迎；一味自己叫好，全不顧顧客反應，也是產品滯銷的原因。總之，努力是必要的，但努力也要得法，也要分析成本效益，不做虛工。真正功夫下得深，也許一時會被埋沒，深信遲早必定獲得掌聲。有人會問我，難道我就沒有做過虛工？當然有囉！而且做得夠久。不然為什麼都說我大器「晚」成。

詩人也需考照？

今年元月中旬舉行的中日韓現代詩人會議上，筆者有幸與來自韓國的詩人金鍾海先生比鄰而坐。金先生是韓國心象詩社的詩人，現負責一家出版公司，其人方頭大臉，精力十足。另一位詩人金鍾鐵是他的堂弟，兄弟同為國家詩人代表，一時傳為佳話。金先生不會說中文，我也不諳韓語。金先生的英語只會兩三句客套話，再多就無法表達，好在韓國朋友大多還認識不少中文字，於是我們就只好借助中文筆談。言談中，突然他寫出了下面幾個字：

「貴國詩人資格如何取得？」

對我而言，這是一個從來沒有想到過的問題，詩人就詩人，那裡還需要取得資格。一時幾乎想不出怎麼答覆。不過我想他既然會問出這個問題，一定是韓國有其一套鑑定詩人資格的方法。於是我就問一旁對韓國詩壇比我熟悉的詩人桓夫兄。經他解釋，原來韓國想要成為一個詩人非常不易。如果不是經過詩壇大老的認定，就需通過詩獎嚴格的考驗。這兩關通過任何一關才配稱為詩人，雖然並不會發給證書或執照，卻是一項至高無上的榮銜。所以在韓國夠資格稱得上詩人的雖然不多，卻一個個是真才實料。瞭解了別人的底細之後，我只好告訴他我們沒有像韓國那樣嚴格的資格審定制度，同時也沒有那個詩壇大老有此權威。但我們也有許多詩獎等待有志於詩的人去通過考驗。當然一般寫詩的人還是靠自己不斷的磨練才能獲得詩壇的認定。我不知道他對我這樣的解釋感想如何，因為他認識的有限中文，不能使他暢所欲言。

但是他雖沒有給我深一層的意見表達，這個問題卻一直困擾著我，直到現在這幾個月後的今天，我覺得這個問題仍然值得我們去深思。老實說我是不大贊成寫詩的人還需資格鑑定的。詩是一種心性的表達，拿什麼標準去衡量一個人的心性呢？以詩的產量來決定嗎？還是拿詩的好壞來決定？有人寫了千首萬首詩，說不定一直在重覆自己，一首也不會傳下去；有人寫了一輩子的壞詩，有一天卻突然冒出一首好詩來，千百年後仍在傳頌。有人認為詩能被選入詩選；譜成校園歌曲；刻在公園的石彫上；列入朗誦節目，夾在高中女生的筆記本內，才算是真正的詩人。但有人認為詩的存在要在不阿諛社會；不取寵大眾；不討好報刊編輯，苟非如是，則又不配稱詩人。還有批評者把公眾注意的流行詩人，貶得一文不值，認為只有被詩人同行推崇者才算是真正的詩人。更有人把一切都否定光，說真正的詩是不可言傳，表達不出，像嬰兒的笑靨，瘋人的囈語才真正是詩。就我們中國的文學傳統言，一部文學史根本就是一部詩史，從前的文人那一個不會寫詩，如果說寫兩句詩就算是詩人，那中國真正該算是詩人之國了。然而能夠被歷史上承認的詩人，恐怕只是歷代存在過的文人學士中的九牛一毛。所以詩人之名，泛泛而言，凡寫詩者都可稱之。如以嚴格相求，恐怕只有歷史這一無私的大獨裁者才能真正披沙揀金。

然而，我對韓國有此一詩人資格鑑定之說極為欣賞。如果現在有人建議把韓國那套也學過來，甚或舉行一種詩人資格檢定考試，像「理髮師」，「按摩師」或「演員歌星」一樣，發給「詩人執照」，我也不會反對。

為什麼呢？因為我們自稱為詩人的太多了，隨便一抓就是一大把。有人一輩子沒有寫過幾首詩，寫出來的幾首也沒有人還能記出一個字，卻一直在作詩壇大老的夢；有人寫過幾首壞詩以後，已經多少年連壞詩都寫不出來了，卻仍然敢代表國家出席詩人的國際會議；有人自己寫出來的詩頂多還只配獲頒幼稚園畢業證書，卻當起研究所級詩獎的評審；有人頂著一頂別人贈送的大詩人頭銜到處表演作秀；甚至連推銷房屋那種野台戲也不錯過；有人寫過幾首像樣的詩以後，就自滿得忘記了自己的出身，到處以歷史的代言人自居，今天捧張三，明天罵李四，連死了多少年不能還手的詩人都不忘踐他一腳。至於像鄭板橋與其弟鄭墨論詩所形容的「今日纔立別號，明日便上詩箋」者，更是俯拾皆是。試想我們的詩壇是這樣的一鍋糊塗麵，如果不來個什麼方法過濾，豈能去濁揚清。

當然，話雖是這麼說，其實我們要想把韓國那套學過來是永遠不可能的。因為要學過來的那一天，也就是咱們所有詩人朋友同歸於盡的一天。倒不是我們膽怯或羞愧無地得集體切腹自殺，也並非反對此一資格審定以身相殉，我們爭的是那幾個檢覈的什麼委員，或什麼職位，打得頭破血流，殺得難解難分而死呵！

詩人自求多福

前陣子報載，大陸北京出版的《詩刊》第八期上，出現了詩人林希的大聲呼籲，要求「搶救詩人」。他說大陸當今詩壇貧窮的窘況，正摧殘著有才華的詩人。詩人由於沒有官職，所以工資都極低，大部份詩人的工資在一百元人民幣至一百二十元之間。詩人的社會地位，不但不如小攤販、個體戶，甚至不如餐廳服務生。他以一位詩人梁南為例，一家四口，月收入不到二百元人民幣，平均每人生活費不到五十元。另一名詩人公劉，到現在仍四壁蕭條，全部家產是幾只紙盒。他認為貧窮是對人最可怕的摧殘。詩人的貧窮已不是個人的恥辱，而是「國家的恥辱」。

這則新聞我們聽起來實在非常傷感，不由得為生活在那裡的詩人抱屈。尤其這則新聞出現的時刻，正值我們這裡都在為年終獎金誰拿得多而喧鬧不休的爭吵中，無形中告訴大家，這世界有些地方的人遠比我們不幸多多，甚至還是萬人景仰，崇高偉大的詩人。

不過我們如果不從現象的比較去看，而從事情的本質去分析，便又覺得這種詩人之窮實不足為怪，而且應當視為正常現象。因為從古到今詩人一直都是窮的。作詩人而有工資拿，已經是亙古未有的幸運，還要侈想，便是有違作詩人的初衷。

詩人本就是一種與窮為伍的行業，如果不窮得連茅草屋被風吹塌時，還有更窮的人搶那吹走的茅草，詩聖杜甫就寫不出「茅屋為秋風所破歌」，更不會發出「安得廣夏千萬間，大庇天下寒士俱歡顏」的宏願。陶淵明先生常常窮得哇哇大叫：「傾壺絕餘粒，闚灶不見煙」，「弊襟不掩肘，藜羹常乏斟」、「夏日常抱飢，寒夜無被眠，造夕思雞鳴，及晨願烏遷。」宋朝詩人楊萬里官至秘書監退休，隱居在南溪之上，只有「老屋一區，僅蔽風雨，長鬚赤腳，才三四人，如是者十六年。」南宋詩人陸游，晚年貧病交迫得連被子都沒有蓋，有人送了條紙被給他，他高興得感激涕零，寫了一首詩示人也自嘲：「紙被圍身渡雪天，白如狐腋軟如棉，放翁用處君知否，絕勝蒲團夜坐禪。」

在當今台灣的詩人，蒙整體富裕之福，大家雖然生活得並無困窘之苦，但也都是靠有一份職業來支撐寫詩的興趣，至今也仍有不少靠擺舊書攤，靠當工友，靠微薄的老兵俸給來維持最低生活的老詩人。可見不論古代或現在光靠寫詩來過日子，一定會窮得一清二白，與討飯的不相上下。詩是從來也不值錢的，詩也從來很少有真正的買家，詩的買家仍然是些窮詩人，除非你是寫了去歌功頌德。至於把寫詩當作一種職業，靠領工資來渡日，那你頂多不會餓死，就如梁南、公劉這些詩人然。據說大陸上的老師們工資更低，小學老師只有六十元左右人民幣，詩人已經是中等以上待遇了。

詩人叫窮，訴怨沒有受到應有的重視，不止大陸上發出呼聲，別的國家也有。去年十一月二十日泰國曼谷的英文國家報上有人寫了篇長文，題為「泰國的詩人都到那裡去了？」內容是說十一月中旬在曼谷召開的第十屆世界詩人大會，有四十餘國的詩人從世界各地去赴會，唯獨泰國本地的詩人寥寥可數。一位從泰國南部來的詩人想趁此盛會會見一些他所敬仰多時的泰國名詩人，也一個都沒見到，更沒有看到把他們的作品介紹給世界各地的詩人認識。文章還以一位名叫蒙垂的泰國名詩人的遭遇舉例，蒙垂曾於一九八六年以作品參加在北京由聯合國主辦的一項國際詩歌競賽，獲得了一項大獎，結果蒙垂卻得私人借貸買機票前往北京接受這項榮譽，回來之後還了好久債才還清，得獎的詩作也是各方求助才印出來。蒙垂說：「我為國家獲得榮譽，卻得不到任何理睬。但是一個運動員獲得了一面奧運銅牌，他就會得到他所需的承認和金錢，對我而言誠屬憾事。」文章的最後作者呼籲泰國政府應對詩人予以更多的關注。

然而詩人叫窮是沒有用的。這個世界沒有詩人仍然會旋轉得好好的。詩又不是日光、空氣、水，少了它，人就活不下去。詩人有什麼理由要求另眼相待？就憑那幾行塞不滿一個錢眼的詩？看來還是自求多福吧！

——一九八九年三月二十六日

詩人愛說謊？

哲學家尼采最看不起詩人。有次有人提到寫詩這個行業，他大聲的揶揄說：「詩人嗎？詩人太愛說謊了！」我不知道當時有沒有詩人在場，如果有，一定會羞愧得找個地洞鑽進去。這真正是奇恥大辱。說詩人愛誇大吹牛可以，譬如「白髮三千丈」這種詩句。如果硬挑明詩人是騙子，實在面子掛不住。

不過，掛不住，也仍是要掛的，如果不幸倒霉碰到這種場合。記得《文星》雜誌曾經一度復刊，附在裡面的「地平線詩選」為此在當時台北市的「春之藝廊」舉行復刊座談。在「地平線詩選」寫過詩的老詩人都請到了，也來了許多外賓和讀者。大家一個個發言，甚是熱鬧。突然有位自稱是讀者的女性說話了。她說：「你們一個個大言不慚的自吹自擂說你們的詩如何好，怎麼偉大。可我們讀者一點也感覺不到。你們根本一直在騙人，一群大騙子。」

這真是比青天霹靂還震驚，還難堪。詩人一向把自己看得比天還大，說什麼詩可以感天地泣鬼神，至少像英國詩人拉爾金（Philip Larkin）所說：「詩可以使小孩子不看電視，老頭子不上酒吧。」居然一下子會被貶成騙子看待，這可真是情何以堪。大家面面相覷，可誰也找不出話來答辯。還是余光中反應快，他說詩人中當然也免不了會施點騙術，不過比起政客來還是要好那麼一點點。這話果然引得大家哄堂大笑，解了大家的圍。

說詩人是不是騙子，當然得拿出證據，不是空口白話就可安上罪名。不過真要拿出證據又是很難的。而且即使舉出了，也還有得爭辯，自有那自認高明的人，會把贗品說成珍品呢！主要的是詩的標準不在了，在存在即是事實的高論下，詩人不論怎麼寫都會要求被承認那是詩，至少他自己搶先承認。詩又不是實體的生物，可用 DNA 比對真假，在無法驗證，又無一定模式可以卯合的困境下，是不是騙人，就只有自由心證了。

詩會不會被看成是騙人勾當，最易被人識破的往往是詩人自己授以把柄。譬如某些詩選在未上市前即大事宣揚這套詩選選出來的詩必定是「清明有味」，「專家不覺淺，一般人不覺深」的好詩。結果如何呢？這本標榜適合高中以上程度讀者閱讀的詩選，卻連寫詩的人自己都在喊看不懂，遑論一般對詩一點也不入門的人了。又譬如有個文學大獎的決審會議紀錄公佈說：「為鼓勵新詩創作，一改社會大眾認為新詩艱澀難懂，因而望詩生畏，不敢親近的成見，本屆文學獎新詩組特別以二十行以內短詩為限，希望能選出易懂質佳的好詩。」這個詩獎的用意是非常可敬的。結果選出的得獎作品，卻都是句長二三十字，語言彆扭，質既不佳，更不易懂的詩。如果說這些事先放出來如何如何求好的話都是支票，則顯然都跳票了。要讓一些對詩還懷抱希望的人，如何不又覺得被騙一次？

當然在這世紀末大混亂的情形下，多元呈現的詩要能人人都能接受，已經是不可能的事了。不過說句老實話，沒有哪個詩人存心要騙人的。只是他寫的詩不是你所想要的詩，這種認知上的落差，便會有上當的感覺了。

吾師吾友兩詩人

歷盡詩壇的興興旺旺、浮浮沉沉，看盡詩人們的百態，沉潛苦修者有之、飛揚跋扈者有之、玩世不恭者有之、耍盡心機者有之，我寫詩一輩子，總認為只有兩個詩人截然與眾不同。一個是我的老師覃子豪先生、一個是我的同學古丁，他們兩人是屬於那種不忮不求，一心只在詩上用功夫，但遇到違背世間一切大原則、大是非時，他們卻會挺身而出，雖千萬人吾往矣、奮不顧身的大詩人。他們的一切作為令我永世印象深刻，雖然他們都已不幸提早駕鶴西去。

覃子豪老師的事功我已多次為文提及，也是中年一輩詩文兩界的人所皆知。最近他的外甥女萬里尋親來台，我曾親自抽空陪她去謁這位她從未謀面舅舅的陵墓和銅像。我曾一路向她介紹她的舅舅在台灣是如何的對詩死忠，如何為台灣的詩奠基，才有今天這樣恢宏的局面，以及如何提攜台灣年輕詩人，以致得到全體詩人的愛戴和尊敬。她看到覃先生在台北近郊的墓地二十餘年至今仍維護得那麼整潔、莊嚴、壯觀，墓前一直有鮮花供奉，她感覺到覃子豪先生確實是台灣詩人永恆崇敬的偶像，而且出於一片忠心，她虔誠地向所有的台灣詩人感謝又感謝，認為她的舅舅當年能來台灣是他的福氣，如果留在大陸可能命運不同。

說到我這位同學古丁，他對台灣詩壇的貢獻可說是與覃老師並駕齊驅的，而且另有他的特殊之處，他也是覃子豪先生的學生。不過，我就覺得他太受冷落了，大概除了他的愛徒女詩人涂靜怡至今仍念念不忘她的這位老師，不畏艱苦二十多年如一日地守住當年古丁和她一同手創的《秋水》詩刊外，其他的人恐怕早就遺忘他了。他的墳上是不是每年都有人去除草掃墓呢？他的愛國詩篇會收錄台灣的詩選詩史嗎？他的那些建設性的詩論是否仍會振聾發聵？至於我這位和他一起吃苦長大的同學，大概除了一有機會便肯定他那首在第一屆國軍文藝金像獎得到長詩首獎的《革命之歌》，為台灣所有已發表的長詩中曠古不朽的巨著外，也很少再能為他說什麼話。但是每一看到台灣詩壇的日趨偏向，每天看到政局的紛擾不安，便會想到古丁如果還活在世間，他對詩一定會有很多創意的作為，他一定會氣得辦比《中國風》更激烈的政論雜誌，痛批那些數典忘祖者的所作所為。

古丁在世五十四年從來沒有妥協過，也從來沒有忘記這個苦難的國家，即使只分給他一份最薄的愛。我和他都是在抗戰末期最困苦的時候投軍的，勝利後便分發到當時最落後的大西北去戍守邊塞，我們那時便在地方的小報上學習寫詩。國共內戰時我們輾轉各地，他還帶著大肚子的妻子四處奔波，最後乘破船來到台灣，他帶著家小在楊梅縱貫線上的一處變電所旁搭建草寮棲身，靠軍中微薄的薪俸和教堂的救濟物資以及為當地駐軍洗厚重的軍服過日子。那真是難忘的艱苦，可是他從來不皺眉，也從來不埋怨，他還是寫著這樣感恩的詩句：（見《獻給祖國的詩》〈待遇〉）

雖然給我以最薄的軍衣和最少的口糧。
我仍充滿歡愉；感到驕傲。
因為這是你從最少的裡面分給我最多的。
不要憂煩著薄待了你的戰士，我的祖國呵！

貧困不會使我們的愛情枯萎，

我奉獻我的血、我的肉軀來充實它。

這種對家國的無條件的愛、無私的奉獻，已經成為夙昔的典型了，那裡能求之於當今的中國人。中國呵中國！你何時因何故會成了很多人不敢承認的忌諱？我為身為中國人而心中暗暗滴血，我為我勇敢的同學而驕傲。古丁是於民國七十年元月廿七日晨離家上班的路上，被一輛等在他後面蓄勢待發的摩托車撞死的。死時他的手上仍握著正在校對準備付印的《中國風》。他的死因至今仍是一件疑案。

年輕時唱的歌

年輕時候唱過的歌會永遠年輕的飄逸在腦海中，不會忘記。但是隨著歲月的迢遞，光陰的荏苒，那些歌已不再重要，便會因音符停止飄飛而淪入記憶的谷底，漸漸為人所淡漠。

就我們這些在對日抗戰中成長的孩子言，那時唱歌，唱那些激起國仇家恨、熱血沸騰的愛國歌曲，幾乎是我們時時掛在嘴邊唯一的高音。我曾經唱著歌去挨家挨戶為前方將士勸募寒衣，也曾經站在舞台上和同學們合唱：

大力向鬼子們的頭上砍去
全國武裝的弟兄們！

這些歌幾乎是所有的人都耳熟能詳，一唱出來便全場呼應，那真是一個用歌聲來向敵人宣戰的年代。然而有些歌並沒有那麼容易激起共鳴，雖然內容也與時代有關，也是用來激勵民心士氣，勿忘國恥，卻只局部的流行一段時間，便不再唱出。在我的記憶中，至少有兩首歌是被淡漠掉的，如果現在唱出來，更會令人感慨橫生。

第一首歌是有關我國的地理版圖的，那時我國的行政區劃分尚是二十八行省和兩個地方，這些行省和地方都有一個代號或簡稱，有些是取省名中的一個字，譬如浙江便簡稱浙，四川簡稱川。有些省則是從歷史的過去稱號取名，譬如山西便稱之為晉，可以追溯到司馬炎受魏禪，稱國號曰晉，以及山西省會太原城西南有晉水流過而得名。而雲南省簡稱滇，則是省會昆明境內有滇池。那時日寇已佔領我東三省大舉向中原進攻，眼看一省一省淪陷，也許是要讓我們年輕孩子不忘自己國家的土地版圖吧！於是有人以二十八行省和蒙古、西藏兩地方的簡稱編了一首歌：

遼吉黑　熱察綏

晉陝甘　冀魯豫
蘇浙閩贛　鄂皖川湘
滇黔粵桂　青寧新康
二十八省　外加蒙藏
消滅倭寇　國土重光
消滅倭寇　國家富強

這首歌以「哆哆哆・咪咪咪」的簡譜配音，非常容易，更容易記起各省的地理位置。抗戰勝利後，東三省遼寧、吉林、黑龍江改成東北九省。中共政權成立後又改回為三省，但熱河察哈爾和綏遠不見了，變成了內蒙自治區。而原來的蒙古地方則已獨立出去成了蒙古人民共和國。至於原來的西康省則已併入四川。廣西、寧夏、新疆三省也改成了各地少數民族自治區。現在的大陸地圖上是二十三省、五自治區。二十三省中有一個台灣省。二十八行省簡稱譜的那首歌，自然是不能唱了。

另一首歌的歌名叫〈慰勞傷兵歌〉。傷兵這個名詞在台灣很少會提及。現在因公受傷的軍人，會住進設備一流的榮民醫院，傷殘而又無家可返者，會住進榮民之家終身照顧奉養。這套完善的退輔制度是政府遷台後的一大德政，但多少也是當年戰場上退下來的傷兵因乏照料，經常鬧事所獲得的教訓。

八年抗戰軍隊傷亡慘重，受傷的士兵送到後方也因設備簡陋，醫療器材缺乏而得不到完善的照顧，因之滿腔積怨無法發洩，一有機會出門便會藉機鬧事。他們穿著灰布的病患服，手持一根鐵杖或鐵條，成群結隊的行走街頭，看到不順眼或認為不夠尊重他們的，便不講理的鐵棒一揮打將起來，不是把商店砸得稀爛，便是把人打得頭破血流，砸完便揚長而去，誰也不敢管。因為他們是因保家衛國而受傷，是護國的功臣，軍紀對他們已不管用，因他們已不是軍人，傷兵見官都大三級。

於是由社會或學校組織慰勞隊帶點東西去慰問一番，便是唯一可以舒緩他們憤憤不平情緒的最好方法了。〈慰勞傷兵歌〉便是這個時候唱的！

為著正義　為著自由　努力奮鬥
不怕犧牲　不怕危險　走向前途
忍著痛苦　流著血汗　憑著勇和謀
得到勝利　立下功勞　顯出好身手
爭國家的光　復國家的仇　光榮萬年留
唱我們的歌
舉我們的酒
祝我勇士壽

這兩首抗戰時比較特殊的歌，也是至少六十多年沒有人提起了。我憑著記憶把它寫下來，哼唱起來便不覺熱淚盈眶。

寬解「經典」

自從今年三月在國家圖書館開了一次盛大的「台灣文學經典研討會」之後，平靜的台灣文壇像突然投下了一枚深水炸彈，引爆出各種不同對文學經典的見解來，一直到三個月後的今天，仍然餘波未息，似乎要人完全服貼的接受，恐還得一段時間的沉澱。

作為也是文壇的一份子，而且已是人見人厭的老賊，我本也是頗有意見。在我古板陳舊的觀念裡，經典的誕生那能在一朝一夕，又有那個當代人有資格能對同時代的作品評為至高無上的經典？其所以能成為經典不是要「放乎四海而皆準，百世以俟聖人而不惑」嗎？在這後結構批評興起，講究去中心，否認有普遍客觀真理的新時代，從何談起經典？就憑這幾點理由，我也有道理置疑經典。

但是繼而一想，就算不用經典之名，而以好作品、偉構、傑作、精品之類呼之，恐怕仍難斷悠悠之口。文人嗎?永遠是相輕的。誰服誰,誰又怕誰?即使入選成了經典還有人怨那還不是他的真正經典。文人總是不服輸的,即使是對自己。

因此我想到,我們應該放輕鬆點,對當下所選的經典作從寬的解釋,免得大家一直耿耿於懷,傷了和氣。

所謂經典本來應該是空前絕後的唯一。但是現在這個多元並舉的時代,那裡還有唯一的東西?因此現在所選出的經典也不能視作唯一。那些人主選就有那些人認為的經典,就像選舉時所作的民調一樣,擁張三的人作的民調一定是張三的百分比最高,李四那邊擁護者作的民調,一定會高過姓張的,如果我們拿這種態度來看經典便不會生氣,因為那不是我所認為的經典,可能也不是你所贊同的經典,你我也可各自找一批人選出另一批經典。

有些人不贊同是怪罪在「文學經典」的前面加上「台灣」二字,認為既然是台灣文學經典,所選的人應該是真正的台灣本土作家,或至少是在台灣寫的作品。有人認為好多年長的本土作家的作品居然算不得經典,而從未在台灣住過只不過在台灣出的書,便選上了經典之作,未免有點不尊重文學倫理,或不愛台灣這塊土地。我認為這也是把經典二字作了太沉重的解釋。主要的是文學作品是否經久耐看，絕不是取決於誰年歲大，資格老，或是否當地人。如果真是用這種標準，像我這種年已七十好幾，是在台灣住了五十年的新台灣人，我絕對有資格成為經典人物。但我從來不敢有此妄想。因為我深知作品是否經典純在其作品本身的表現，是否有高明獨創的藝術水平。而我還很稚嫩，經不起經典的負重。

從這次所選各類經典作品來看，幾乎全是現代主義時期的作品。就現代主義過往的表現言，這些作品說是現代主義的經典也並不太誇張。現在已進入後現代主義的緊張時代，作品的異化、雜散化、顛覆化和商品化已成了當下文學作品的特徵。我們有人能從茫茫書海挖出這些現代主義時代的代表作，讓人們不忘現代主義已有的貢獻，對照出後現代時期文學作品的不同面貌，不也是一件有意義的事？

——一九九九年七月二十八日

負面文化正當紅

當我說現在我們的文化是在朝負面的方向進行，並且舉國上下不分朝野，不分黨派，不分省籍都在視為當然的提倡時，一定會說我是危言聳聽，思辨不清。然而擺在目前的種種事例，證實負面文化的成形並非子虛。

看看我們目前正打得火熱的選戰，根據黃碧端在她的專欄文章中指出，作戰有正面與負面兩種。正面作戰是加強自己的實力，或彰顯自己的長處。負面作戰則是攻擊別人的弱點，或製造對方的不利情況。兩者視情變換運用，才能把仗打得漂亮，贏得光榮。然而很不幸的是，我們現在的選戰幾乎全在負面進行，挖掘對方的隱私，否定對方的政績、乃至訴諸意識形態製造分裂，亂扣帽子等等，為達勝選，簡直無所不用其極。大家不是在比將來的施政理想，建國藍圖，而是在比誰比誰更糟更濫更狠。這種負面戰的結果，不是在製造負面文化，提倡負面文化是什麼?

前幾天在李敖書坊的節目中，一位年輕的同志代表與李敖對談。李敖非常理性的表示尊重同志們在這個社會的地位和生存空間。但是他只一再的憂心同性戀要收養子女時，將來子女要面對社會的異樣眼光該如何自處?那位同志卻拿單親家庭子女也有同樣問題來抗辯。李敖很有耐性的向那位年輕人解釋這兩種家庭的不同：單親家庭本來就有由兩性組成的爸爸和媽媽，只是一方已離異。而同志家庭則是同性別的爸爸和媽媽，這叫小孩子如何向人解釋。那位年輕人卻說這就是他們要爭取的權利，將來日久社會必定會慢慢認同。兩性組織家庭是天賦的匹配，一向是正大光明的。而今要子女把男性當成媽媽認，或是把女性當成爸爸認，總是會有點怪怪的吧?這是不是會形成一種負面文化效應?

一家電視頻道的綜藝節目每次有特定行業的人物介紹出場。一次是兩位年紀不到十八歲的少女，號稱「特種公關」。經過主持人的挑逗性訪談，才知原來這兩位如花少女居然幹的是賣身的行當。大家都很吃驚這麼年輕就幹這種行業究竟是什麼原因。其中的一位少女居然回答一個月的收入有二十多萬，為什麼不幹?又有人問這麼年輕漂亮幹哪一行或者多讀點書都會很出色，為什麼偏偏要選這麼一個行當。少女毫不靦腆的回答，市場有此需要，我們就應需要而存在。總之與我們正面提倡的禮儀廉恥四維八德完全背道而馳。有個老媽媽觀眾說她的孫女兒也正是兩位少女的年齡，她愈看愈心疼。但是兩位少女仍然和主持人談笑自若，一點也不難為情。此情此景難道這不是負面文化的養成？

當然這種倒退式異化現象還很多，譬如本來是因循守舊，不思長進，卻標榜沉著穩健，不求冒進；本來是專制獨裁，卻美化為權力集中、意志集中；本來是黑白控治，卻偏說全由人民自己作主。一切負面價值後面都有一個堂皇美麗的盾詞作掩護。

負面文化的形成絕對與人整體環境的不正有關。社會的大分裂必定引起文化的大分解。固有道德，固有價值觀的大崩盤，各種欺世媚俗的歪理必定會吃香。當人們把這些質變的負面效應習慣成自然，麻木不仁到分不出正負時就是負面文化的扶正當紅時刻，必將使人的品質更趨卑劣和野蠻。

——一九九八年十二月二十七日

文字引爆力

時間很無情，無情到常常讓我們想起來只有感嘆唏噓，很難從回憶中慶幸興奮。然而即將要向我們告別的二十世紀卻是令人難忘的。在它一百年的懷抱裡，人類很艱苦的逃過了兩大劫難，也可以說是很成功的戰勝了兩大惡魔。一是法西斯，一是共產黨。法西斯曾經組成軸心國，掀起世界大戰。共產黨則以腐蝕性的赤色毒素，幾乎糜爛了幾大洲幾大洋。這兩大極權統治者，在這世紀中，先後不知使多少可憐的蒼生喪命，又不知使多少寶貴的文明毀於一旦。所幸這一切都熬過去了，過去得讓歷史驚悸，使人心膽寒。所幸這一切都已化為青煙了，像青煙一樣慢慢消失，慢慢淡忘。

然而舊的劫難是過去了，卻並沒有為這世界帶來的新希望。膽寒的奴役恐怖已經走入歷史了，也沒有給人帶來真正的自由與安康，很明顯的是曾經預言資本主義極端發達的惡果，果真都一一從戰後復原的廢墟中變貌呈現。它們是那樣的五光十色，使人自動投懷送抱，消磨了西方守禮的基督文明，東方守節的儒家思想，使我們處於一個去中心，無未來，儘情享受逸樂的幻象世界。它們又是那樣的萬能，使我們能四體不勤五穀不分的消耗著前所未有的物質文明和該留給子孫存活的儲備物質。在這樣任由精神渙散，揮霍無度，即使從前帝王也無法消受的享樂中，我們會發現這種自我糜爛，可能比過去兩大極權所加諸人們的浩劫更恐怖，更加速人類的滅亡。

可以這樣毫不誇張的分析，極權確實是不好，剛過去的歷史災難可為殷鑑，然而極度的自由，無限制的開放也同樣會帶來不幸的結局，像目前這種的人人六神無主，紙醉金迷，極度不安便是最好的證明。推翻中心，顛覆傳統，形成多元，便是回到叢林，回到原始的弱肉強食的你爭我奪野蠻世界。

一切文學的形成都是當時文化現象的直接反應和不慣。也可以說文學作品的產生，也是當時文學人的良心發現所驅使。文學人應有先知般的慧眼，更應有路見不平拔刀相助的正義精神。當社會病了的時候；當時代誤入歧途，將把人的未來帶入萬劫不復的時候；當野心家或玩家想充當上帝，欲違背自然法則，固有的倫理綱常的時候，文學人不能假裝不知，或幸災樂禍，袖手旁觀。他應該也是一個改革或是革命的先行者。可能他的手臂不夠力氣，他的呼籲不夠大聲，只要他的文字都是引爆彈，他的火力能夠集中，不瞻前顧後，必定會驚醒一些不安或不甘的靈魂；共同來正視當前問題的嚴重性，共思解決之道。但願新世紀的文學會有這種光明的遠景。

我對詩史書寫的零碎意見

一生至今都在致力創作，我是非常不情願把精力分散在與創作無關的其他事情上去的。然而事與願違，總是會不經意的去做了很多明知對自己沒有太多營養的事。譬如年度詩選，一投入就達二十年。編詩刊也前後有十五年之久。而對於詩史的書寫更是連想也沒有想過，然而十二年前偶然應《文星》復刊之邀，寫了一篇〈五〇年代現代詩的回顧與展望〉，而今卻意外地成了很多撰寫五〇年代那段詩壇經過的張本。最近一位荷蘭漢學家馬蘇菲小姐來台搜集撰寫台灣現代史詩的資料，不知她從那裡找到那篇文章來向我求證一些事情。可見任何形成文字的東西都已成為歷史，或成為撰寫歷史的資料。這種自然形成沒有任何人為操作的歷史或資料是至為真實且珍貴的，但也只能在那裡最後等時間來篩選。

基本而言，我是不主張由當代詩人或自己正在形成歷史的詩人自己來編寫當代詩史的。

有很多過去發生的現象可以證明當代人自己寫當代人的歷史出現偏頗的地方。就以唐代的杜甫而言，在有唐一代，杜甫是沒有什麼地位的。在唐人編的兩大權威詩選《中興間氣集》和《河嶽英靈集》中根本沒有杜甫的名字。不選杜甫的原因是杜甫愛表國風之興衰，道民生之疾苦，這與當時要體狀風雅，理致清新的主流詩風是不相容的。杜甫要到宋朝王安石著的《四家詩選》才冒出頭來，而且排名首位，李白殿後。而今的情況，詩的看法更分歧，主張更多元，都在爭主流，都認為自己是獨一無二，寫的歷史怕也只是一團亂像吧！大概正合李瑞騰所主張的，寫一部《台灣新詩論爭史》。

當然詩史也可由純局外人來寫，即是由與詩壇或詩人毫無瓜葛，而卻對整個台灣詩的發展過程熟悉且學貫中西的第三者，完全以客觀的立場來動春秋之筆。但台灣實在太小了，這樣的完人真還難找。記得去年的一次台灣各詩社討論會上，一位正在大學教現代詩的權威教授，居然在講評時，說「藍星詩社」，是承襲了三〇年代的新月派詩風，最主要的原因是「藍星」的主要詩人余光中是梁實秋的學生，這種錯誤的認知如果不幸也寫成白紙黑字的歷史，這種歷史有誰會去認同？不知這位教了好多年的現代詩的老教授，是不是早已是這樣教他的學生，果真如此，這真是歷史的不幸。但這也更加讓我們急著需要有一部正確的台灣新詩史，以正視聽。

因此，我不反對台灣應該開始準備寫自己的詩史，尤其當我看到大陸北京社科院的古繼堂早就為我們寫的《台灣新詩發展史》，在兩岸三地及華人地區發行且到處宣揚的時候，我們台灣整個在新詩或現代詩數十年的努力都會受到他的扭曲。但我們也不要忽略他所編的另外一本非常厚重的《台港澳及海外華文新詩大辭典》。這本大書所蒐集到的有關台灣的新詩資料之多之廣之齊全，連我們一些對台灣新詩最關心且認識深的人都大感吃驚。那才是我們寫台灣新詩史所首要準備的事。然而我們卻沒有這種準備，甚至五、六〇年代某些主要詩刊，連完整無缺的一份都找不全，這樣如何寫歷史？

——在「台灣當代詩史及詩論研討會」上引言

壯哉邊陲

《邊陲中國》是一部大書，沉甸甸的拿到手裡的時候，看到書名，便不免有點敏感。這年頭「中國」二字一入耳入眼便令人心酸。明明自己是堂堂正正的中國人，卻鄙視中國，極力劃清界限。明明是黃膚黑髮賴也賴不掉的中華民族後裔，卻說自己是剛剛崛起的新興民族，以示與中國人有別。明明可以大膽的宣稱「釣魚台本來就是我們中國的」，卻小心地將「中國的」三個字換掉，惟恐被看成是與「中國」相呼應。如此的荒謬，如此的不近情理，如此的侮辱自己，簡直令人氣結。因此看到書名「中國」之上尚有「邊陲」二字，不免多心起來，該不會又是「漢人模樣漢人語，反在城頭罵漢人」的偏執狂妄。

還好，打開看了之後，一切平安。不但平安，還賞心悅目，美不勝收。看《邊陲中國》等於免費請了一個專業嚮導，帶領我們行走遠方，深入神秘、封閉、荒蕪的邊陲之地，作一次一覽無遺的壯遊。既飽享了此生想足履也不可能如此遍賞河山的壯美。也充實了即使花半輩子去鑽研也難得如此完整的人文景觀。更令人驚詫的是，從來不知道我們中國竟還有如此廣大的土地，如此多的陌生的人家，一直被我們的無知所忽視，被我們的自大所蒙蔽。不免大聲感嘆，中國呀！河山的中國，文化的中國，你真是一本深奧得永遠也讀不完的大書，真需要《邊陲中國》這樣的圖解為我們導讀。

《邊陲中國》是一位出生在黑龍江省，中文系出身的攝影家徐力群所完成的一本攝影集。在徐力群整整四十歲那年，他先後騎破三輛由一家飛機製造廠特製的機車，獨身一人從中蘇邊境、北緯五十度以北的邊陲地帶出發，經內蒙和蘇聯接壤的荒漠地帶，再進入天山南北，沿喜馬拉雅的山南山北登臨過珠穆朗瑪峰；從西藏進入雲南的複雜地形，沿中越邊境，登上南疆的雷州半島、西南沙群島、海南島、南澳島；過福建沿海，走浙江、江蘇、山東、河北直奔遼東半島；然後沿鴨綠江北上，進入長白山區，在白山黑水間訪女真的足跡，全程八萬餘公里，採訪了全國境周邊的四十五個少數民族，拍攝五六萬張圖片，作了百餘萬字的筆記，當他回到當年出發的地點黑河時，他已四十五歲。但他也就此完成了一幅從沒有人敢如此獨自創作的中國邊疆長卷寫生。個人精力的短暫投注，完成歷史的永恆全面寫真，《邊陲中國》就是具有這種特殊典藏的價值。

比之發行全球的那本人見人愛的圖文並茂的讀物《地理雜誌》，無論攝影和編排，《邊陲中國》絕不輸於《地理雜誌》的國際水準，尤其徐力群的攝影技巧不但專業而且有人文性的獨到，和寫史詩的精準。在攝取洪荒大漠、天山雪嶺那些罕見的奇景時，他對快門時機的掌握和取捨，更有著震人魂魄的安定力。當然再美再動人的畫面，還得有文字的相輔相成才會更深入生動。徐力群出身培植文字功力的中文系，他還鑽研過民俗學、民族學、人文地理學，所以他在書中隨圖片流轉的文字，已經不是簡短的說明，而是長篇累積經過細密觀察撰成的報導文學，既有感性的呈現，復有知性的判斷，再加上知識性的闡述，和史觀的注入，使這本《邊陲中國》的大書既有可看性，復有可讀性。更重要的是他開啟了夢裡河山的許多神秘大門，也開啟我們塵封的眼界，讓我們因好奇而了解，由了解而熟悉，從而付出我們對邊陲的重視和關懷。尤其當我們最東南角的一小塊邊陲之地——釣魚台，被日本人一直霸佔不放，且欲開發為侵略的前進基地的時候，讀這本《邊陲中國》更會激發我們收復失土的勇氣和決心。

一事能狂便少年

從台中傳來的消息，說耳公又要舉行畫展了，而且是「八十回顧展」。我們在台北的詩友聽得嚇了一跳，我打電話問詩人辛鬱，辛鬱說我胡扯，耳公哪有那麼大的歲數，我說畫展是由省立美術館主辦的，那還錯得了。至此我們才不得不相信那個像頑童一樣的畫家、歲數確實已經累積到了開回顧展的時候。我們不相信他會年紀那麼大，是因為我們一直只看到他對藝事狂熱的一面，所謂「一事能狂便少年」，他的狂建立了我們對他永遠年輕的印象。

耳公就是原籍福建長樂的名畫家陳庭詩。稱他為耳公是因為他的姓氏中有個耳的偏旁，我們隨口簡化了。然而我們稱他為耳公，諷刺的是，他的耳朵最不靈光，八歲那年，就因太頑皮，一次爬樹時不慎倒頭摔地，而從此失去了聽覺，連帶也失去了聲音。然而，幼年的不幸，卻造就了他終生的恩寵，聽覺和發聲兩種功能的喪失，所有的潛能都集中到了心智和觀察力上，而這兩種功能的特異，正是一個成功畫家最應具備的本能。

耳公可說是一位全能的畫家，根基蓄積深厚，而且能夠瀟洒的出入於傳統與現代兩大門徑。耳公會寫舊詩，可是他的朋友中以我們這些寫現代詩的詩人最多，而且結識得最早。台灣的藝術現代化是由現代詩打頭陣，五〇年代現代詩如火如荼時，畫界的「東方畫會」，「五月畫會」和「現代版畫會」跟著接應。那時的詩畫兩界基於共同的認識，要自傳統中創新，都成了相互扶持的同道。而耳公這位現代畫派的先鋒與我們這些現代詩的前行代，友情卻歷久彌新，他這三十多年來狂熱執著所獲的成就，我們一直是欣賞崇拜者，也了解最多。

他在六〇、七〇年代創作的以蔗板作素材的版畫，一直是人見人愛。他利用蔗板的天然紋路，在簡約不規則的構圖中，以紅、藍、黑、或金色拓印，給人一種混沌初開，乾坤始奠的嫻靜、厚實、篤定感。原創性十足。

耳公的現代雕塑——鐵雕，是他八〇年代以來的另一創新，也是他另一種更深層的心靈探索。他把撿拾而來的廢鐵，投入他想像世界中，作超現實的組合，使物體呈現出從未透露的美感或苦感，以與他版畫中的符號語言相呼應，使這些曾經人為破壞或自然耗損的物件，在他的手中重獲生機。

兩岸相互交往以後，也許是新的希望和擴大的視野給了他心靈的解放吧！最顯明的是他的創作方法有了裡外一新的改變。壓克力顏料的選用，色感忽然鮮明，大膽起來，形式的多變，畫面更為開放，活潑起來，在藝事上他又返老還童。當然還有另一重要原因，晚年回到故鄉得到愛的滋潤、愛的魔力使畫產生突變的基因。

我們一般人常怕向後看，因為看回去常是一片虛空，會使前進的腳躊躇。而耳公卻不同，他所走過來的每一步足跡都有光彩，都有精神，都足以令人流連忘返。八十歲對一個仍狂熱於藝事的頑童言，每一分鐘仍都是起步。

啄破世界這隻籠子

——觀董心如的「形域」個展

從事藝術的人通常有兩種不同的遭際，一種是先天的，一生下來便有某種藝術細胞，只要一碰到音符，或抓到畫筆，便會有不尋常的表現，找到自己的語言，形成一己的風格。另一種是後天的，雖然對某種藝術極端嚮往，也想從事創作，但天分不夠，往往無法得心應手，與那些天賦異稟的人總要差上一截。但是這類型的人往往有極強的挑戰精神，他們以勤能補拙的執著，而創造出自己的新天地。此兩者際遇雖不同，卻往往最後同登大寶，只是前者比較輕鬆，後者比較辛苦。

唐代詩人畫家王維曾奉勸從事藝術者兩句真言：妙悟者不在多言，善學者還從規矩。

董心如便是屬於循規蹈矩比較辛苦的善學者。天賦予她的是對美的忠實信仰，對色感的特別敏銳，對繪事的潛心執著。她也並非不是所謂天才的一型，我這寫詩的老爸，早對她學齡前後的愛塗抹寫過一首詩，說她是一隻永不疲憊的蜂鳥，連世界也是一隻她要啄破的籠子，她會在這裡點化出一株糖果樹，那裡畫出一條牛奶和蜜的路。她最初習畫的啟蒙老師大畫家朱為白從小就稱她是一可造之材。但是董心如自己並不知道這些，她只知道不斷的創造是她唯一的路徑。

儘管她在復興商工的嚴格扎實的基礎訓練下，即已入選市、省美展。國立藝術學院時在專注勤奮的學習與創作下，入選水墨新人展。儘管她尚在紐約進修時，即便應邀參加多項聯展和個展，還有幸入選了由高美館舉辦在紐約和高雄兩地的台灣當代藝術家專題展，這一切的肯定並沒有滿足她更求精進的慾望，不停的創作，不止息的追求突破，總是樂此不疲。

追索董心如這近十年來的創作趨向，從在紐約的「山海經」系列，到回國推出的「境痕」，直到現在展出的「形域」，她似乎仍然在作她心象空間的多方求索。

也許這一切都只源於她當年最大的一次冒險，她毅然停止原已根基深厚且獲多方讚譽的中國現代水墨，而投入一個完全陌生尚在追求秩序的西方抽象畫境。這種自絕於傳統而去追求新異，無論如何不是一時衝動或所謂追求時尚所可解釋，而是一種經過深思熟慮遠眺前瞻所獲得的勇氣。一個藝術家是不會輕易顛覆自己的從前的，除非有足夠的理由和敢於從廢墟中重建的決心。

抽象藝術之所以在二十世紀飽受青睞，並不是它已呈現傲人的成果，而是它有廣大的開發空間，對不願抱殘守闕的年輕藝術家而言，Creativeness才是使他們過癮的挑戰。董心如現在正是走在這樣一條高難度的高空纜索上。走索者除了力求平衡便是只有向前不能退後，向前才能征服自己的本能。

此次展出的「形域」在表現進程上她仍是不疾不徐的，就像高空走索者保持穩定性的平衡發展。如果「山海經」是渾沌初開的先驗，棄之不去的水墨技巧還是在其中遊龍般的隱現，也造成了山海經的奇幻怪誕，這種剛性圖面的呈現，當時在紐約畫壇有人認為這不應是一個弱女子的作為。待到「境痕」時她有了隨年齡成長的深度，認為自己對自然的觀照不應只是外在概念的表象，而應向內在的星空深耕，藉由周遭環境印象片段的擷取，來平衡畫面中濃郁的詩意與感性，但總體的畫面仍是糾結的，色塊仍是沉重的，十足反映內在心情的複雜與牽絆。「形域」似乎有了重大的突破，至少已展現曙光，她所期待的自由自在，沒有拘束，沒有顧忌，已能發揮在色彩的柔性浸染上，同時已有朦朧的現實與超現實基因出現，有阿米巴和原生物在蠕動。我認為主題的「形域」只是廣度的突破，如也稱作「形役」，則就有深度的突圍了。

抽象藝術本是心象的具體寫真，心象本乃潛意識活動下超現實或超感覺的未知或預知。因此面對這類作品時，不但提供了我們一次創造性美的欣賞，更可以讓我們欣賞的人有再創造的收穫。

——二〇〇一年三月

國家圖書館出版品預行編目

三情隨筆／向明著. -- 一版.
臺北市：秀威資訊科技, 2004[民 94]
面；　公分. --　參考書目：面
ISBN 978-986-7614-40-7（平裝）

855　　93013849

語言文學類　PG0007

三情隨筆

作　　者 / 向明
發 行 人 / 宋政坤
執行編輯 / 李坤城
圖文排版 / 張慧雯
封面設計 / 莊芯媚
數位轉譯 / 徐真玉　沈裕閔
圖書銷售 / 林怡君
網路服務 / 徐國晉
出版印製 / 秀威資訊科技股份有限公司
台北市內湖區瑞光路 583 巷 25 號 1 樓
電話：02-2657-9211　傳真：02-2657-9106
E-mail：service@showwe.com.tw
經 銷 商 / 紅螞蟻圖書有限公司
台北市內湖區舊宗路二段 121 巷 28、32 號 4 樓
電話：02-2795-3656　傳真：02-2795-4100
http://www.e-redant.com

2006 年 7 月 BOD 再刷
定價：200 元

讀　者　回　函　卡

感謝您購買本書，為提升服務品質，煩請填寫以下問卷，收到您的寶貴意見後，我們會仔細收藏記錄並回贈紀念品，謝謝！

1.您購買的書名：____________________________

2.您從何得知本書的消息？

□網路書店　□部落格　□資料庫搜尋　□書訊　□電子報　□書店

□平面媒體　□ 朋友推薦　□網站推薦　□其他__________

3.您對本書的評價：(請填代號　1.非常滿意 2.滿意 3.尚可 4.再改進)

封面設計____　版面編排____　內容____　文/譯筆____　價格____

4.讀完書後您覺得：

□很有收獲　□有收獲　□收獲不多　□沒收獲

5.您會推薦本書給朋友嗎？

□會　□不會，為什麼？____________________________________

6.其他寶貴的意見：____

____

____

____

讀者基本資料

姓名：____________________　年齡：______　性別：□女 □男

聯絡電話：________________　E-mail：____________________

地址：____

學歷：□高中(含)以下　□高中　□專科學校　□大學

□研究所(含)以上　□其他_______________

職業：□製造業　□金融業　□資訊業　□軍警　□傳播業　□自由業

□服務業　□公務員　□教職　□學生　□其他__________

請貼
郵票

To：114

台北市內湖區瑞光路 583 巷 25 號 1 樓

秀威資訊科技股份有限公司　　　收

寄件人姓名：

寄件人地址：□□□

(請沿線對摺寄回,謝謝!)